大师级人物无不是从小大量背诵经典者
成就海子古今中外不同风格的诗,
这些诗曾是海子的灵感发源处。
童心即诗,最善、最美、最真。
用古诗词喂大的孩子,人生必定不会平庸。

孩子为什么要读古诗词
让孩子得到艺术熏陶
练好鉴赏基本功、提升语言能力
陶冶性情，给孩子人生启迪

孩子怎么学习古诗词
多看、多读、多背是金钥匙
多读多听会慢慢形成"理解"

这是一套全面的古诗词

　　海子弟弟精挑细选,所选诗词从诗经、古诗十九首到唐诗、宋词、清诗应有尽有,与课本内容融合且互补,首首都是孩子长大后必考经典。

　　从《小小的船》到《当你老了》,精选孩子也能读懂的数百首古诗,按从易到难的顺序排列,不知不觉中,孩子已经涉猎了古今中外、所有体裁的古诗!

亲爱的孩子愿你慢慢长大，
愿你一生有诗为伴，
愿你长大后面朝大海，
春暖花开！

给孩子们的诗

海子 等著

文汇出版社

图书在版编目（CIP）数据

给孩子们的诗 / 海子等著. -- 上海：文汇出版社，2018.10
 ISBN 978-7-5496-2704-2

Ⅰ.①给… Ⅱ.①海… Ⅲ.①诗集—世界 Ⅳ.
①I12

中国版本图书馆 CIP 数据核字 (2018) 第 193002 号

给孩子们的诗

出 版 人 / 桂国强
作 　 者 / 海　子等
责任编辑 / 乐渭琦
封面装帧 / 嫁衣工舍

出版发行 / 文汇出版社
　　　　　上海市威海路 755 号
　　　　　（邮政编码 200041）
经　　销 / 全国新华书店
印刷装订 / 三河市京兰印务有限公司
版　　次 / 2018 年 10 月第 1 版
印　　次 / 2018 年 10 月第 1 次印刷
开　　本 / 889×1194　1/32
字　　数 / 32 千字
印　　张 / 6.5

ISBN 978-7-5496-2704-2
定　价：39.80 元

目录

1	小小的船	叶圣陶
2	雨巷	戴望舒
5	睡吧，小小的人	朱自清
9	送　别	李叔同
11	二十四节气歌（节选）	
13	七步诗	〔三国〕曹植
14	再别康桥	徐志摩
17	面朝大海，春暖花开	海子
19	风	叶圣陶
21	水调歌头·明月几时有	〔宋〕苏轼
22	独语	覃子豪
24	雪花的快乐	徐志摩
27	诗经·木瓜	
29	八月的忧愁	林徽因

31	你，不要挤	〔英国〕狄更斯
33	观沧海	〔三国〕曹操
35	归园田居·其三	〔东晋·南朝〕陶渊明
37	送杜少府之任蜀州	〔唐〕王勃
39	钱塘湖春行	〔唐〕白居易
41	夜雨寄北	〔唐〕李商隐
43	泊秦淮	〔唐〕杜牧
45	过零丁洋	〔宋〕文天祥
47	浪淘沙·九曲黄河万里沙	〔唐〕刘禹锡
49	江南春	〔唐〕杜牧
51	枫桥夜泊	〔唐〕张继
53	题西林壁	〔宋〕苏轼
55	两小无猜的人儿	仓央嘉措
57	写出的小小黑字	仓央嘉措
59	珍宝在自己手里	仓央嘉措
61	洁白的仙鹤	仓央嘉措
63	闻官军收河南河北	〔唐〕杜甫

65	偶然	徐志摩
66	我的歌	[印度]泰戈尔
69	蒹葭	〔先秦〕
71	假如生活欺骗了你	[俄国]亚历山大·普希金
73	天真的语言	[英国]威廉·布莱克
75	游子吟	〔唐〕孟郊
77	游山西村	〔宋〕陆游
78	独自的时候	戴望舒
81	秋（节选）	戴望舒
83	我的素描（节选）	戴望舒
85	不寐（节选）	戴望舒
87	深闭的园子（节选）	戴望舒
89	赠克木（节选）	戴望舒
91	我思想	戴望舒
93	元日祝福	戴望舒
95	白蝴蝶	戴望舒
97	心愿（节选）	戴望舒

98	在天晴了的时候	戴望舒
101	狼和羔羊（寓言诗）	〔法国〕拉封丹
105	家（节选）	〔印度〕泰戈尔
107	纸船（节选）	〔印度〕泰戈尔
109	小大人	〔印度〕泰戈尔
111	告别	〔印度〕泰戈尔
113	漂鸟集（节选）	〔印度〕泰戈尔
115	西江月·夜行黄沙道中	〔宋〕辛弃疾
117	饮酒·其五	〔东晋·南朝〕陶渊明
119	乌衣巷	〔唐〕刘禹锡
121	母亲	冰心
122	相思	〔唐〕王国维
123	长相思·山一程	〔清〕纳兰容若
125	所见	〔清〕袁枚
127	池上	〔唐〕白居易
129	回乡偶书二首·其一	〔唐〕贺知章
131	清明	〔唐〕杜牧

133	寻隐者不遇	〔唐〕贾岛
135	木兰诗	〔北朝〕佚名
137	念奴娇·赤壁怀古	〔宋〕苏轼
139	声声慢	〔宋〕李清照
141	虞美人	〔五代〕李煜
143	短歌行（节选）	〔三国〕曹操
145	竹石	〔清〕郑燮
147	赠汪伦	〔唐〕李白
149	春夜喜雨	〔唐〕杜甫
151	元日	〔宋〕王安石
153	望庐山瀑布	〔唐〕李白
155	希望	胡适
157	春晓	〔唐〕孟浩然
159	咏柳	〔唐〕贺知章
161	鸟鸣涧	〔唐〕王维
163	悯农	〔唐〕李绅
165	爱读诗的鱼儿	张秋生

167	梅花	〔宋〕王安石
169	声律启蒙（节选）	〔清〕车万育
171	沙粒（节选）	萧红
172	宿新市徐公店	〔宋〕杨万里
174	咏鹅	〔唐〕骆宾王
176	小池	〔宋〕杨万里
177	赋得古原草送别	〔唐〕白居易
179	早发白帝城	〔唐〕李白
181	天净沙·秋思	〔元〕马致远
182	教我如何不想她	刘半农
185	你是人间的四月天	林徽因
189	敕勒歌	北朝民歌
190	凉州词	〔唐〕王之涣
192	如梦令·常记溪亭日暮	〔宋〕李清照
193	黄鹤楼	〔唐〕崔颢
195	当你老了	[爱尔兰]威廉·叶芝

小小的船

叶圣陶

弯弯的月儿小小的船。

小小的船儿两头尖。

我在小小的船里坐,

只看见闪闪的星星蓝蓝的天。

雨巷
戴望舒

撑着油纸伞,独自
彷徨在悠长、悠长
又寂寥的雨巷,
我希望逢着
一个丁香一样的
结着愁怨的姑娘。

她是有
丁香一样的颜色,
丁香一样的芬芳,
丁香一样的忧愁,
在雨中哀怨,
哀怨又彷徨;

她彷徨在这寂寥的雨巷,
撑着油纸伞

撑着油纸伞，独自
彷徨在悠长，悠长
又寂寥的雨巷，
我希望飘过
一个丁香一样地
结着愁怨的姑娘。

像我一样，
像我一样地
默默彳亍着，
冷漠、凄清，又惆怅。

她默默地走近
走近，又投出
太息一般的眼光，
她飘过
像梦一般地，
像梦一般地凄婉迷茫。

像梦中飘过
一枝丁香地，
我身旁飘过这女郎；
她静默地远了，远了，

到了颓圮的篱墙，
走尽这雨巷。

在雨的哀曲里，
消了她的颜色，
散了她的芬芳，
消散了，甚至她的
太息般的眼光，
丁香般的惆怅。

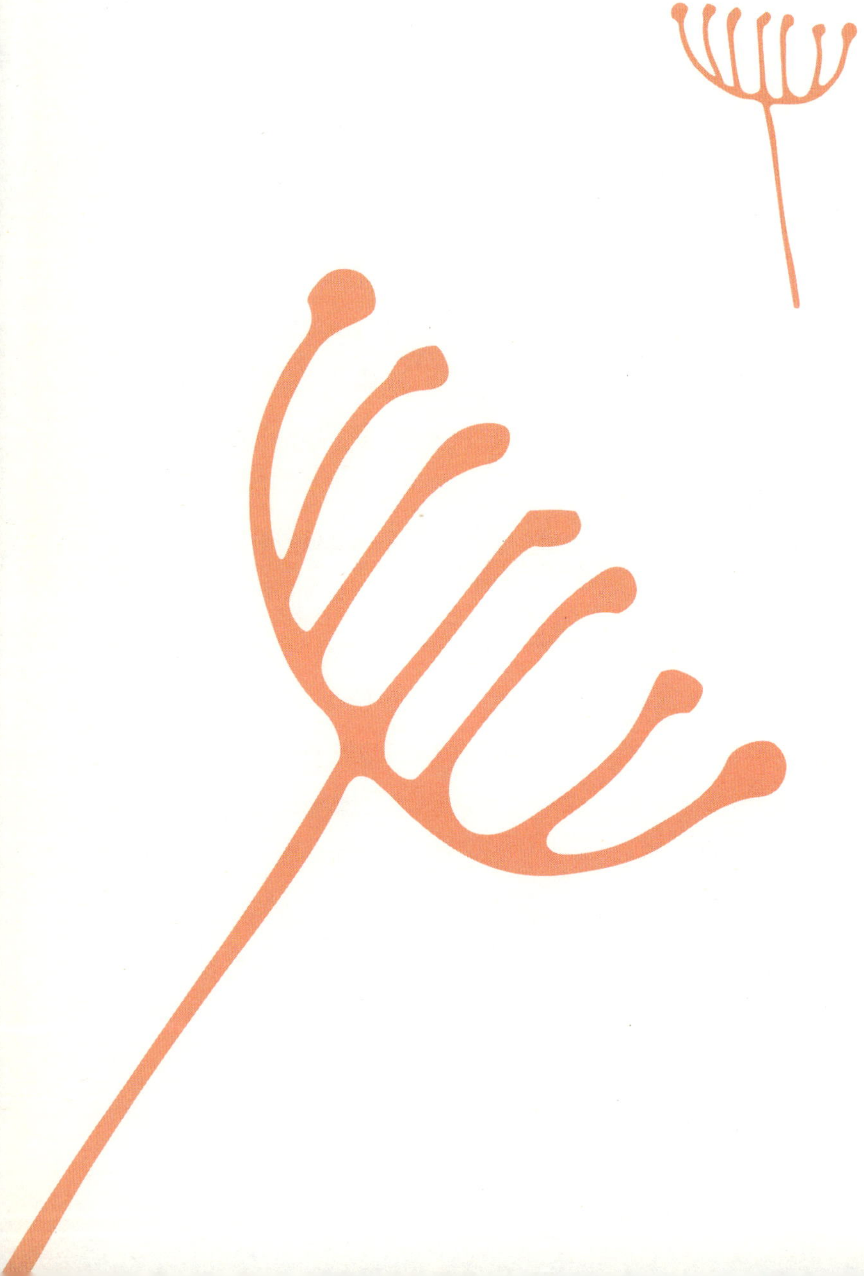

睡吧,小小的人

朱自清

"睡吧,小小的人。"
明明的月照着,
微微的风吹着——一阵阵花香,
睡魔和我们靠着。

"睡吧,小小的人。"
你满头的金发蓬蓬地覆着,
你碧绿的双瞳微微地露着,
你呼吸着生命的呼吸。
呀,你浸在月光里了,
光明的孩子,——爱之神!

"睡吧,小小的人。"
夜底光,
花底香,
母底爱,
稳稳地笼罩着你。

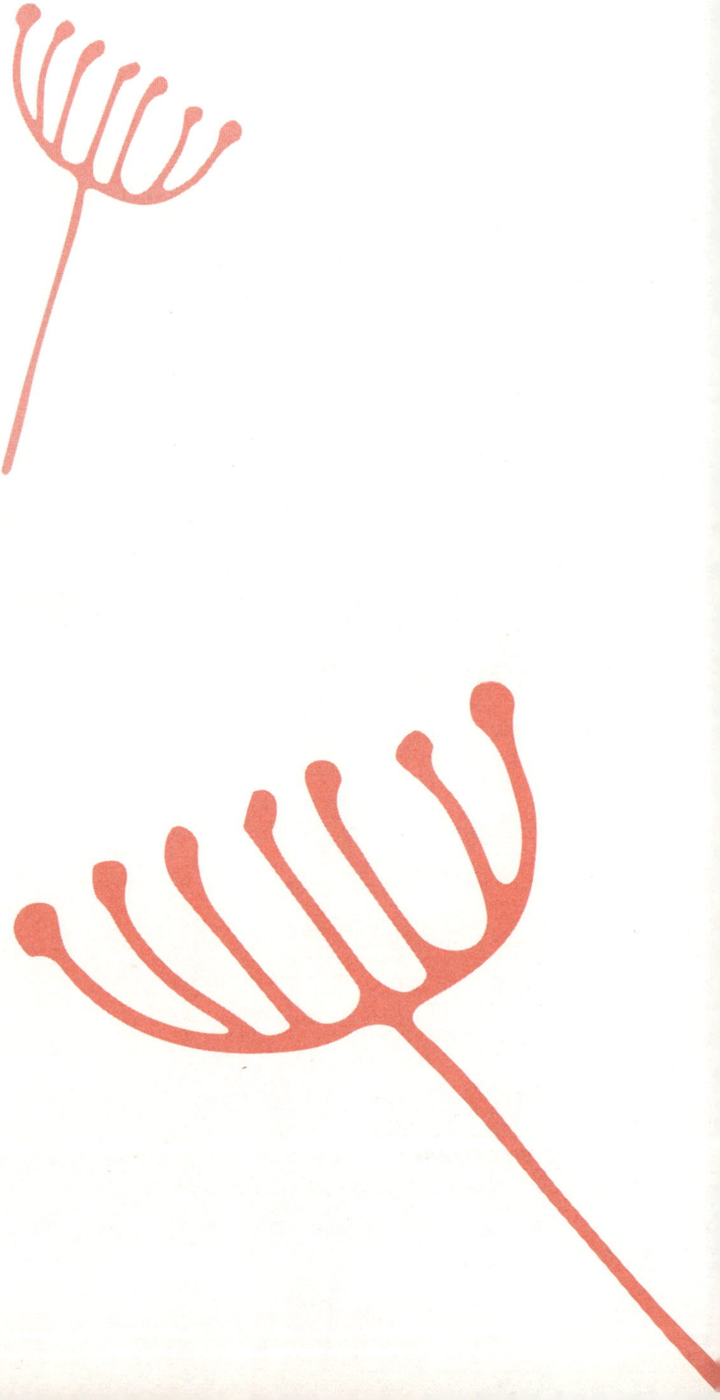

你静静地躺在自然底摇篮里,
什么恶魔敢来扰你!

"睡吧,小小的人。"
我们睡吧,
睡在上帝的怀里:
他张开慈爱的两臂,
搂着我们;
他光明的唇,
吻着我们;
我们安心睡吧,
睡在他的怀里。

"睡吧,小小的人。"
明明的月照着,
微微的风吹着——一阵阵花香,
睡魔和我们靠着。

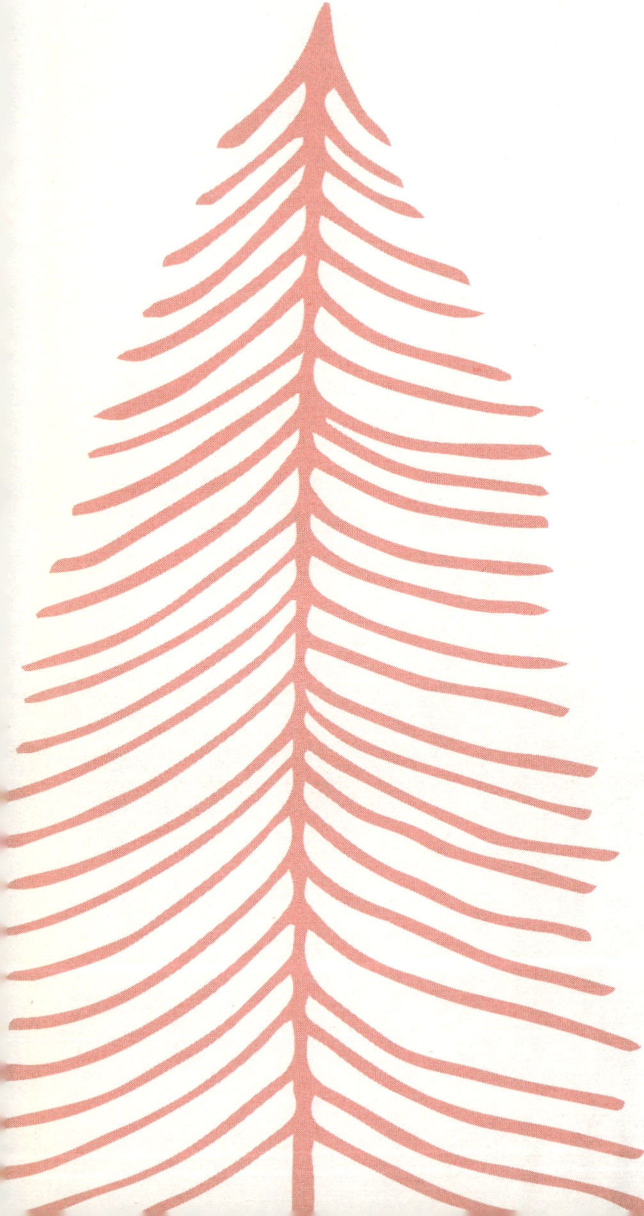

送　别

李叔同

长亭外，

古道边，

芳草碧连天。

晚风拂柳笛声残，

夕阳山外山。

天之涯，

地之角，

知交半零落。

一瓢浊酒尽余欢，

今宵别梦寒。

二十四节气歌(节选)

春雨惊春清谷天,夏满芒夏暑相连。
秋处露秋寒霜降,冬雪雪冬小大寒。

七步诗

〔三国〕曹植

煮豆燃豆萁,豆在釜中泣。
本是同根生,相煎何太急?

再别康桥
徐志摩

轻轻的我走了,
正如我轻轻的来;
我轻轻的招手,
作别西天的云彩。

那河畔的金柳,
是夕阳中的新娘;
波光里的艳影,
在我的心头荡漾。

软泥上的青荇,
油油的在水底招摇;
在康河的柔波里,
我甘心做一条水草!

那榆荫下的一潭,
不是清泉,是天上虹;

揉碎在浮藻间,
沉淀着彩虹似的梦。

寻梦?撑一支长篙,
向青草更青处漫溯;
满载一船星辉,
在星辉斑斓里放歌。

但我不能放歌,
悄悄是别离的笙箫;
夏虫也为我沉默,
沉默是今晚的康桥!

悄悄的我走了,
正如我悄悄的来;
我挥一挥衣袖,
不带走一片云彩。

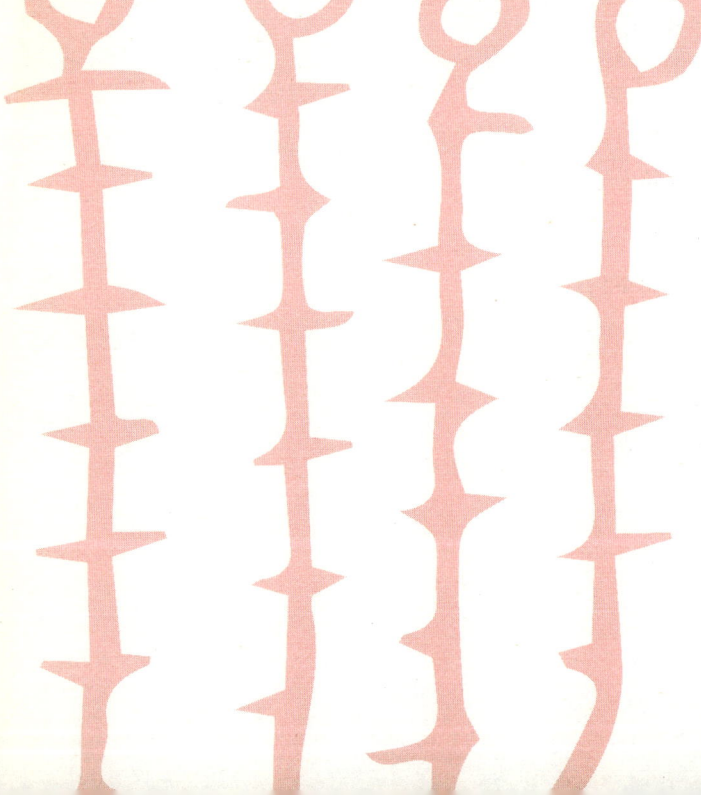

面朝大海，春暖花开
海子

从明天起，做一个幸福的人
喂马，劈柴，周游世界
从明天起，关心粮食和蔬菜
我有一所房子，面朝大海，春暖花开

从明天起，和每一个亲人通信
告诉他们我的幸福
那幸福的闪电告诉我的
我将告诉每一个人

给每一条河每一座山取一个温暖的名字
陌生人，我也为你祝福
愿你有一个灿烂的前程
愿你有情人终成眷属
愿你在尘世获得幸福
我只愿面朝大海，春暖花开

风
叶圣陶

谁也没有看见过风,
不用说我和你了。
但是树叶颤动的时候,
我们知道风在那儿了。

谁也没有看见过风,
不用说我和你了。
但是树梢点头的时候,
我们知道风正走过了。

谁也没有看见过风,
不用说我和你了。
但是河水起波纹的时候,
我们知道风来游戏了。

水调歌头·明月几时有
〔宋〕苏轼

明月几时有?把酒问青天。
不知天上宫阙,今夕是何年。
我欲乘风归去,又恐琼楼玉宇,高处不胜寒。
起舞弄清影,何似在人间?

转朱阁,低绮户,照无眠。
不应有恨,何事长向别时圆?
人有悲欢离合,月有阴晴圆缺,此事古难全。
但愿人长久,千里共婵娟。

独语

覃子豪

我向海洋说：我怀念你
海洋应我
以柔和的潮声

我向森林说：我怀念你
森林回我
以悦耳的鸟鸣

我向星空说：我怀念你
星空应我
以静夜的幽声

我向山谷说：我怀念你
山谷回我
以溪水的淙鸣

我向你倾吐思念

你如石像

沉默不应

如果沉默是你的悲抑

你知道这悲抑

最伤我心

雪花的快乐
徐志摩

假如我是一朵雪花，
翩翩的在半空里潇洒，
我一定认清我的方向——
飞扬，飞扬，飞扬——
这地面上有我的方向。

不去那冷寞的幽谷，
不去那凄清的山麓，
也不上荒街去惆怅——
飞扬，飞扬，飞扬——
你看，我有我的方向！

在半空里娟娟地飞舞，
认明了那清幽的住处，
等着她来花园里探望——
飞扬，飞扬，飞扬——

啊,她身上有朱砂梅的清香!

那时我凭借我的身轻,
盈盈地,沾住了她的衣襟,
贴近她柔波似的心胸——
消融,消融,消融——
溶入了她柔波似的心胸!

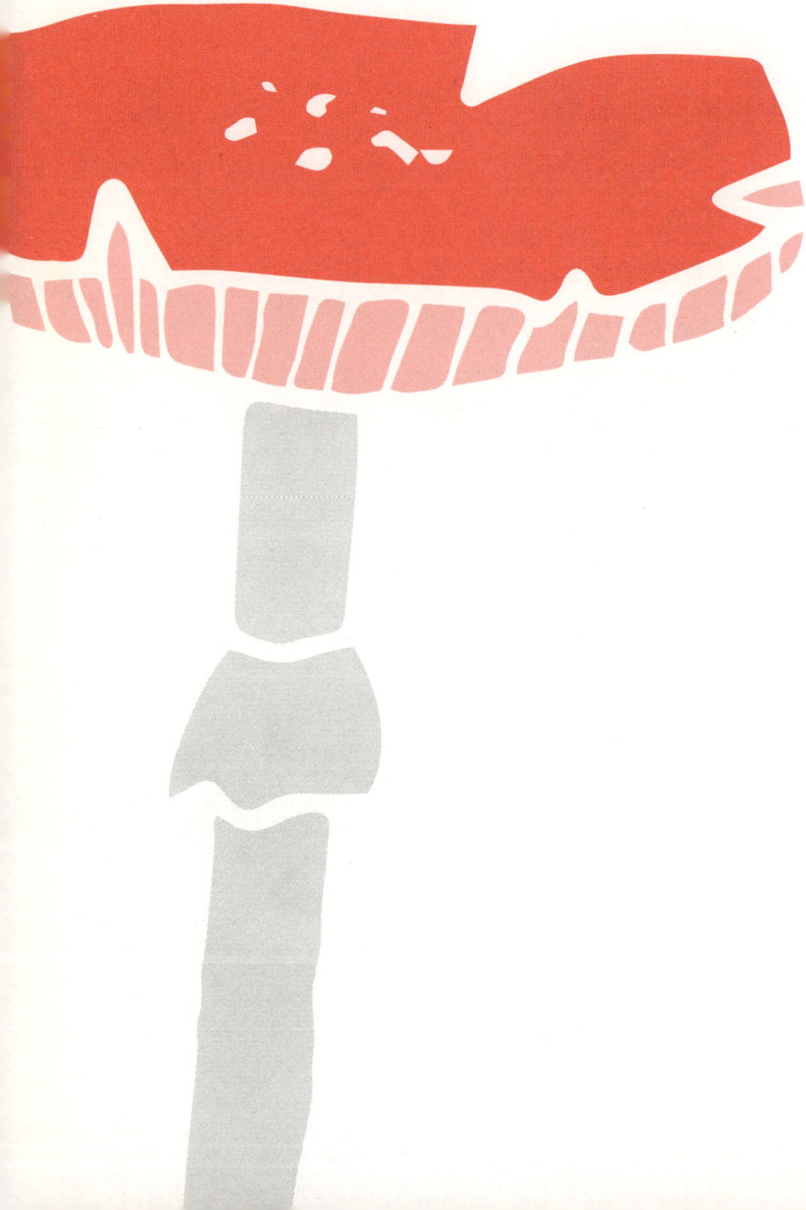

诗经·木瓜

投我以木瓜,报之以琼琚。
匪报也,永以为好也!
投我以木桃,报之以琼瑶。
匪报也,永以为好也!
投我以木李,报之以琼玖。
匪报也,永以为好也!

八月的忧愁

林徽因

黄水塘里游着白鸭,

高粱梗油青的刚高过头,

这跳动的心怎样安插,

田里一窄条路,八月里这忧愁?

天是昨夜雨洗过的,山岗

照着太阳又留一片影;

羊跟着放羊的转进村庄,

一大棵树荫下罩着井,又像是心!

从没有人说过八月什么话,

夏天过去了,也不到秋天。

但我望着田垄,土墙上的瓜,

仍不明白生活同梦怎样的连牵。

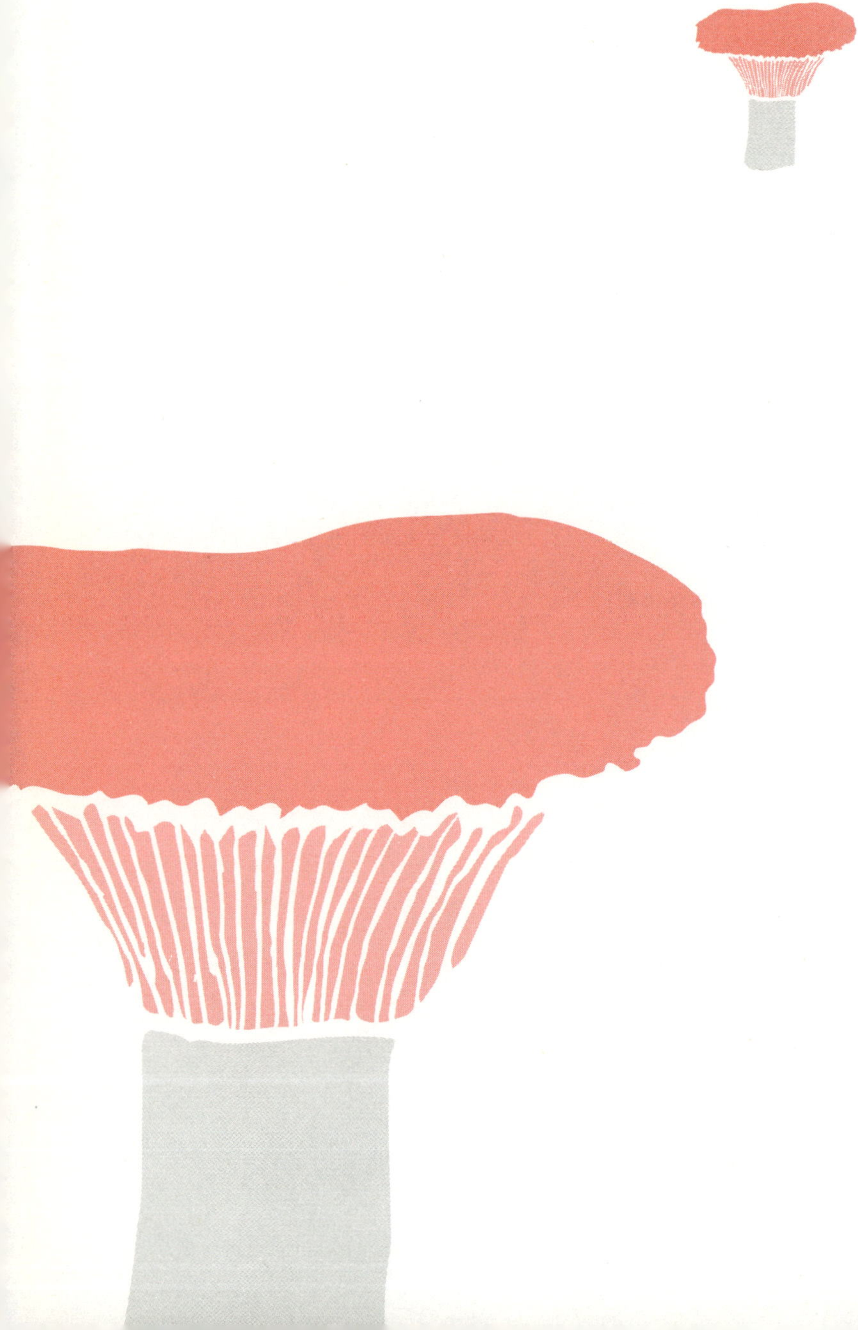

你，不要挤

[英国] 狄更斯

你，不要挤！世界那么大，

它能接纳我，也能接纳你。

所有的门都敞开的，

思想的国度是自由的天地。

你可以纵情地探寻。

探寻那人世间美好的一切。

只是你必须保证，

保证你不会让人感到沮丧。

在心灵深处给善良留下一席之地，

更要防止丑陋吞噬你的灵魂。

要把道德放在首位，

每做一件好事，要给予适当的鼓励；

要让每一天都成为严峻的记录；

让你面对它时能够心安理得；

给他人以生活的权利和空间，

不要挤，不要挤！

观沧海

〔三国〕曹操

东临碣石，以观沧海。
水何澹澹，山岛竦峙。
树木丛生，百草丰茂。
秋风萧瑟，洪波涌起。
日月之行，若出其中。
星汉灿烂，若出其里。
幸甚至哉，歌以咏志。

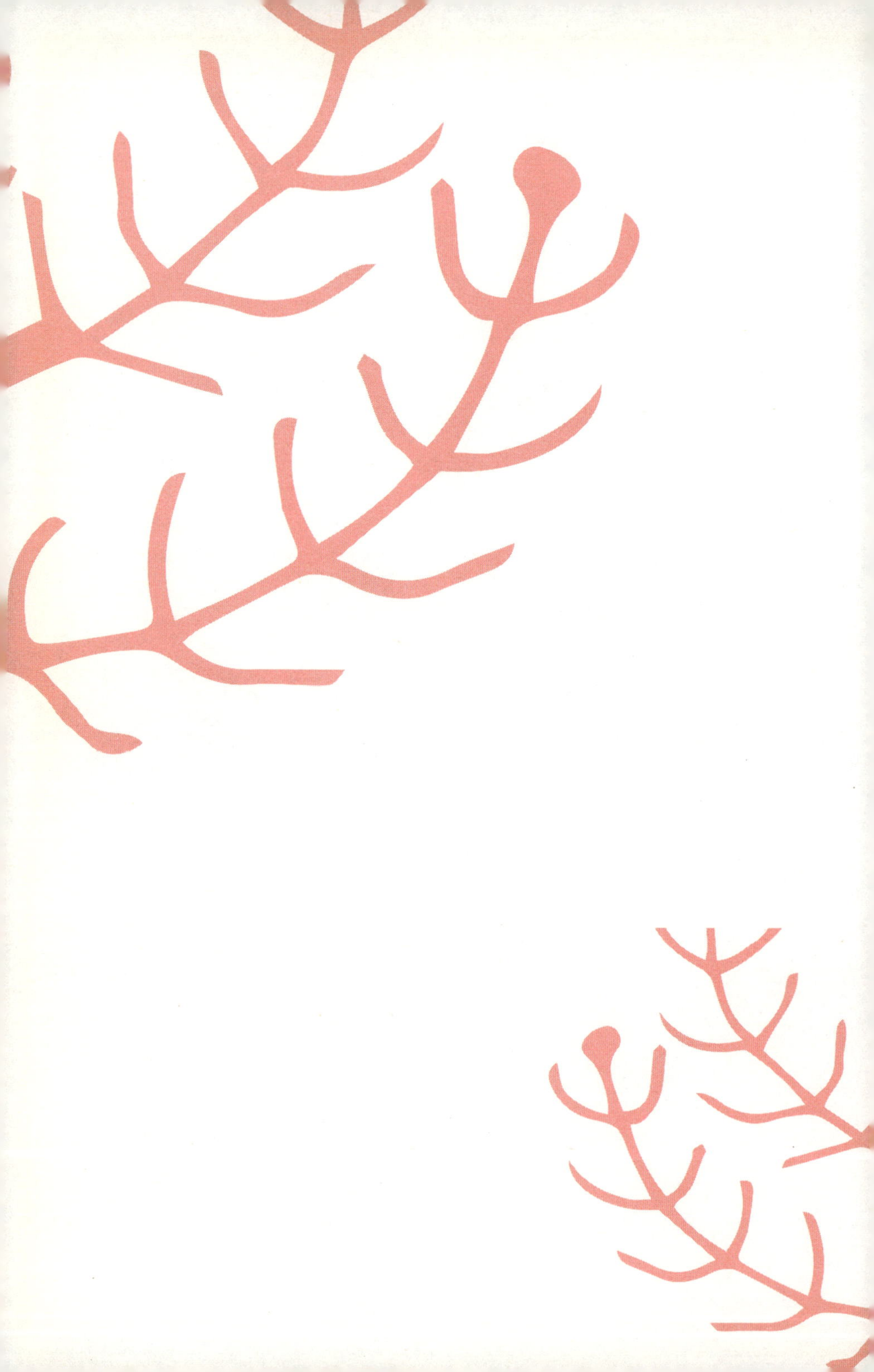

归园田居·其三

〔东晋·南朝〕陶渊明

种豆南山下,草盛豆苗稀。
晨兴理荒秽,带月荷锄归。
道狭草木长,夕露沾我衣。
衣沾不足惜,但使愿无违。

送杜少府之任蜀州
〔唐〕王勃

城阙辅三秦,风烟望五津。
与君离别意,同是宦游人。
海内存知己,天涯若比邻。
无为在歧路,儿女共沾巾。

钱塘湖春行
〔唐〕白居易

孤山寺北贾亭西,水面初平云脚低。
几处早莺争暖树,谁家新燕啄春泥。
乱花渐欲迷人眼,浅草才能没马蹄。
最爱湖东行不足,绿杨阴里白沙堤。

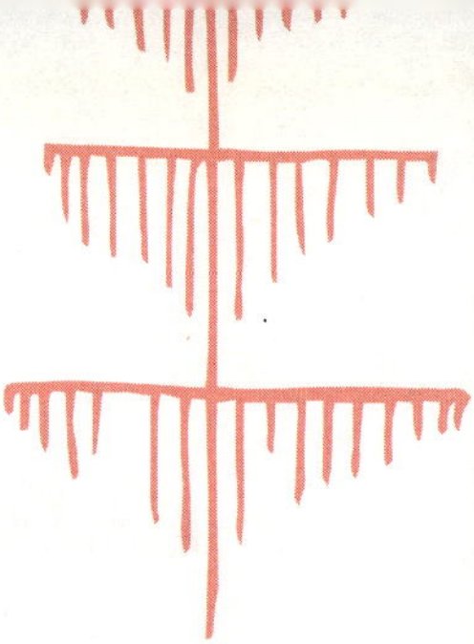

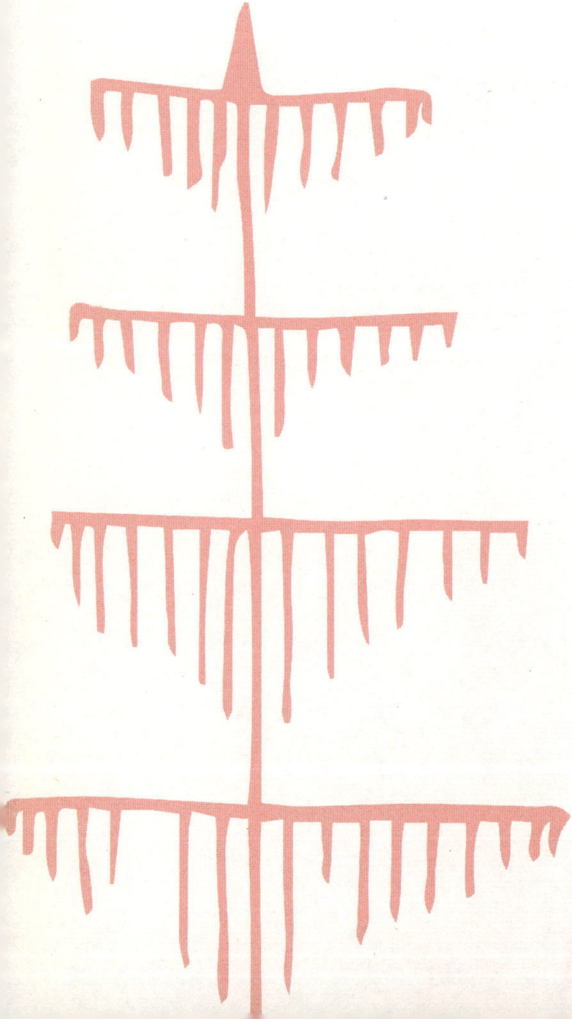

夜雨寄北
〔唐〕李商隐

君问归期未有期,巴山夜雨涨秋池。

何当共剪西窗烛,却话巴山夜雨时。

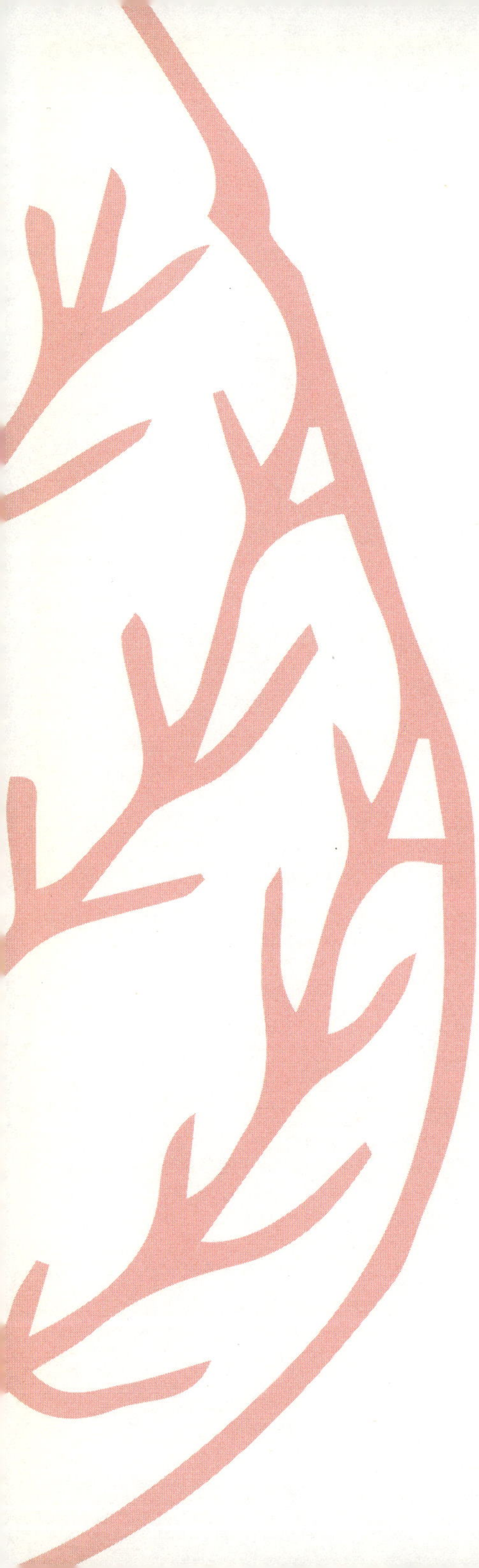

泊秦淮
〔唐〕杜牧

烟笼寒水月笼沙,夜泊秦淮近酒家。

商女不知亡国恨,隔江犹唱《后庭花》。

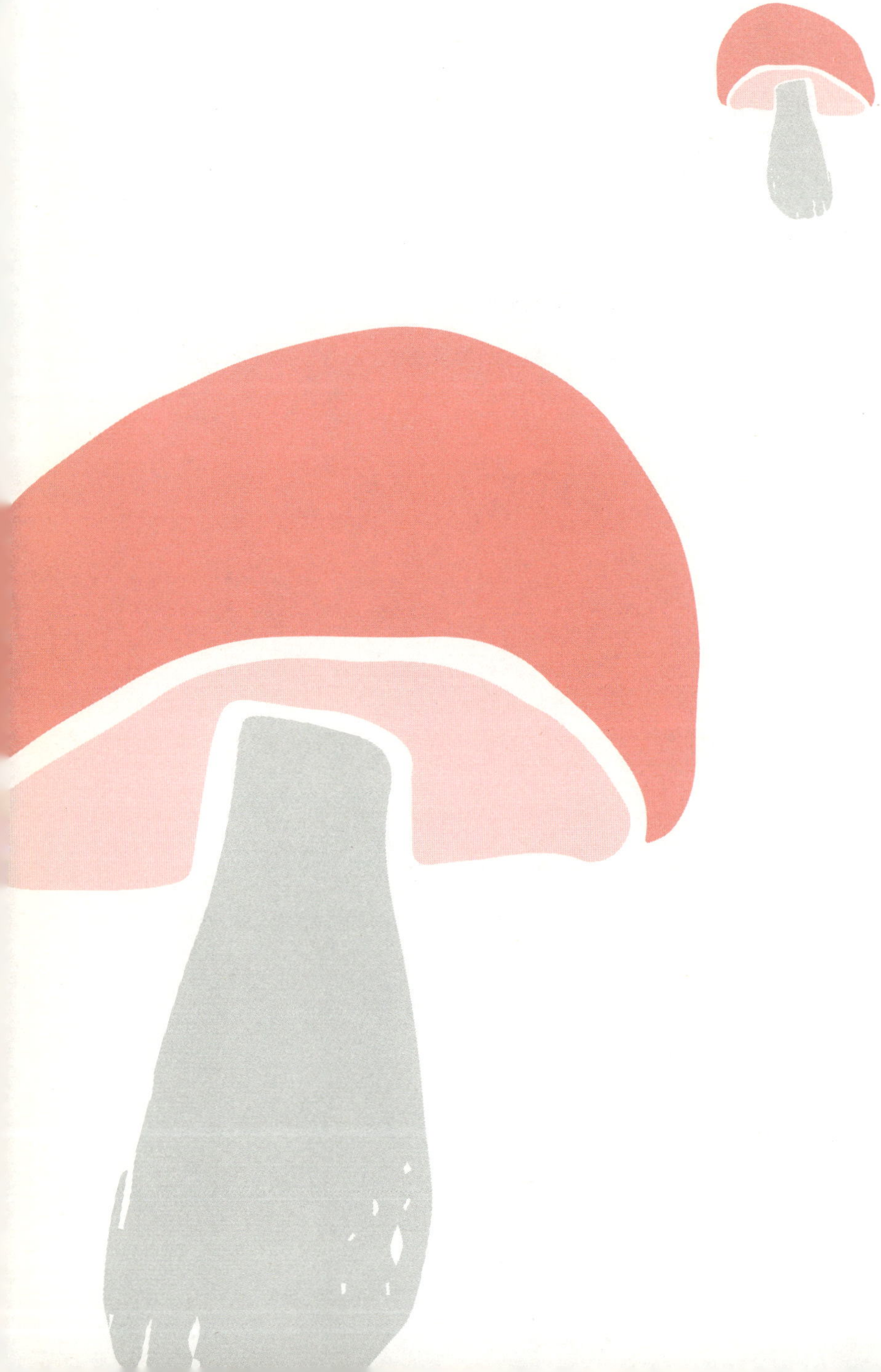

过零丁洋
〔宋〕文天祥

辛苦遭逢起一经,干戈寥落四周星。
山河破碎风飘絮,身世浮沉雨打萍。
惶恐滩头说惶恐,零丁洋里叹零丁。
人生自古谁无死?留取丹心照汗青。

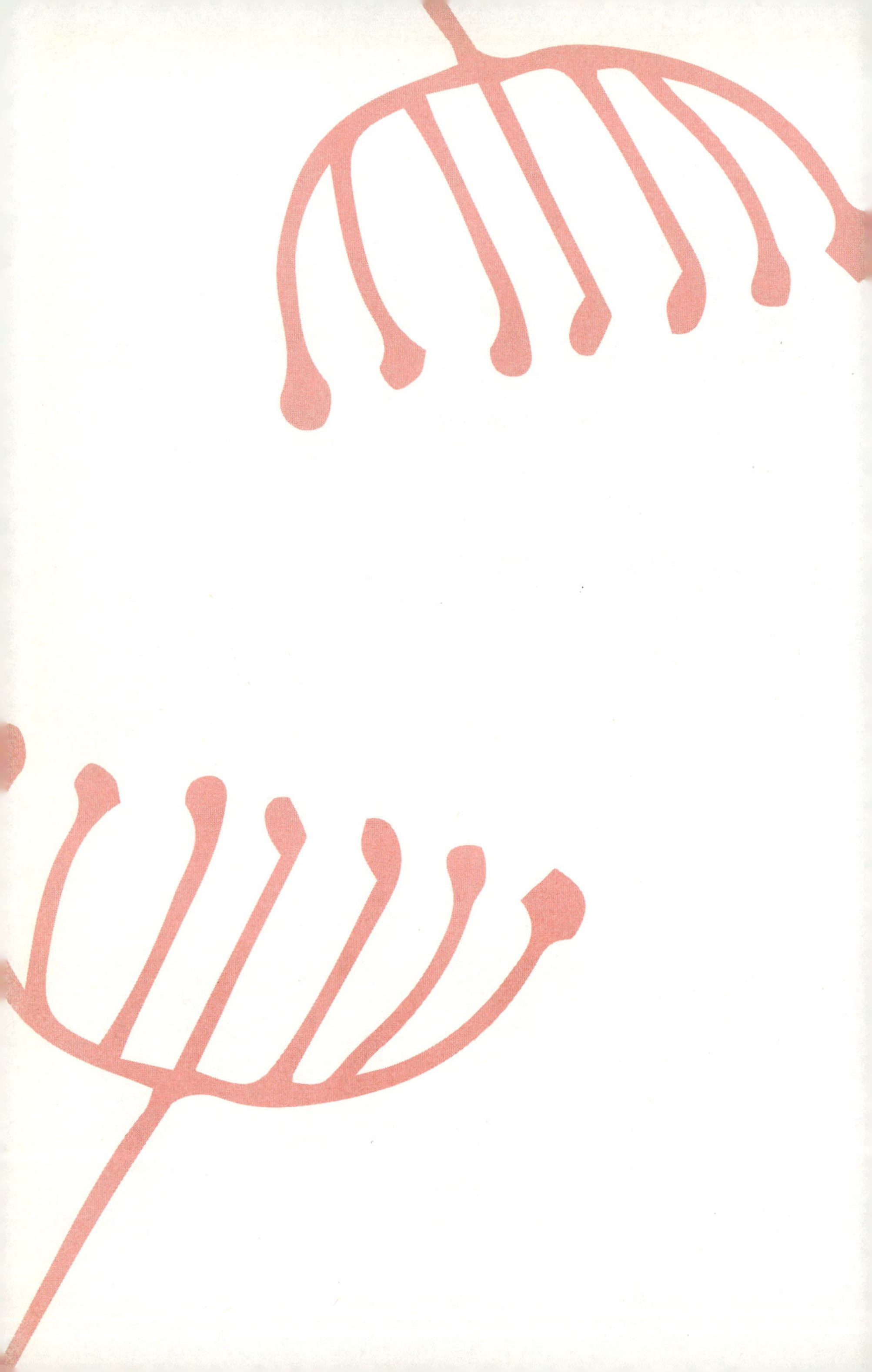

浪淘沙·九曲黄河万里沙
〔唐〕刘禹锡

九曲黄河万里沙,浪淘风簸自天涯。
如今直上银河去,同到牵牛织女家。

江南春
〔唐〕杜牧

千里莺啼绿映红,水村山郭酒旗风。

南朝四百八十寺,多少楼台烟雨中。

枫桥夜泊
〔唐〕张继

月落乌啼霜满天,江枫渔火对愁眠。
姑苏城外寒山寺,夜半钟声到客船。

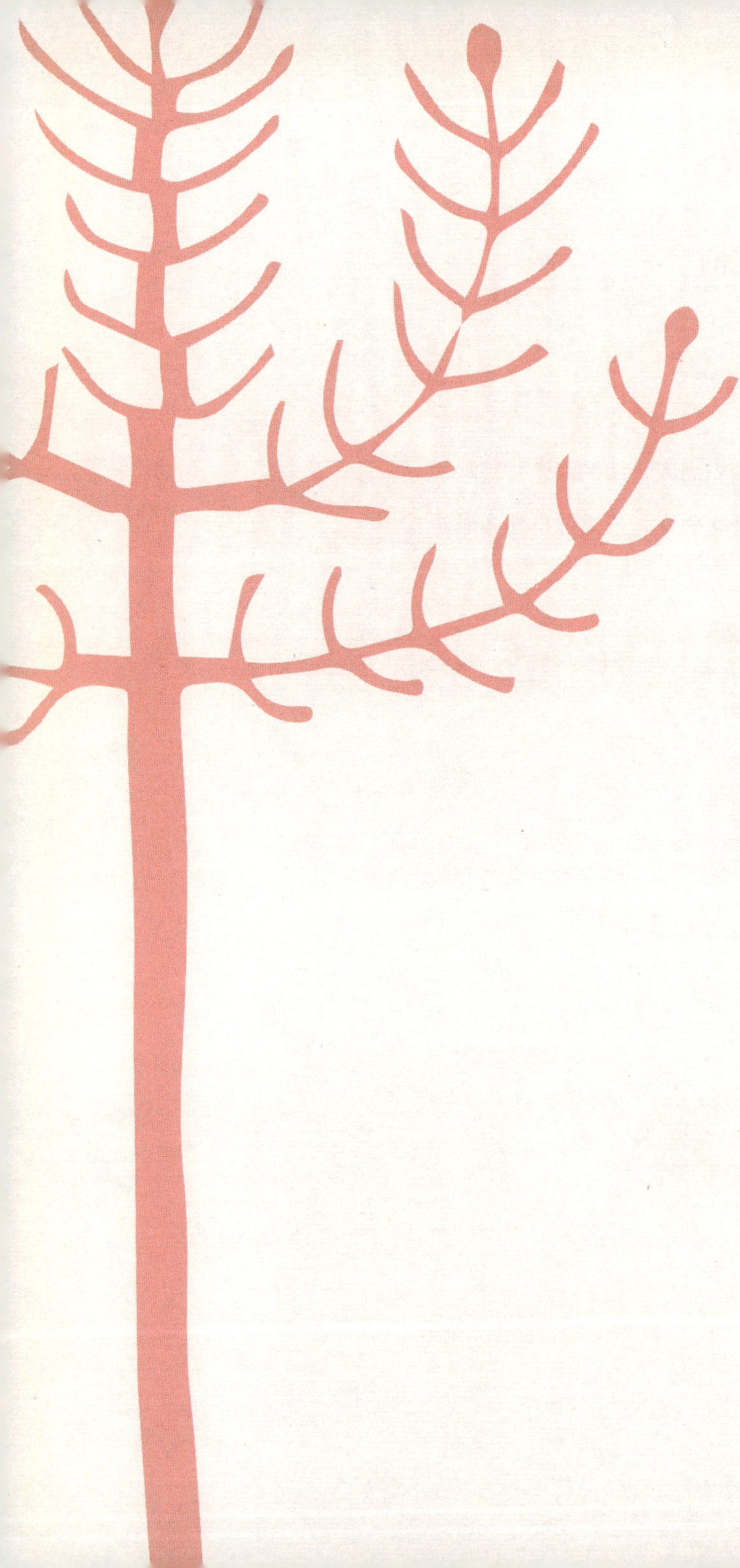

题西林壁
〔宋〕苏轼

横看成岭侧成峰,远近高低各不同。
不识庐山真面目,只缘身在此山中。

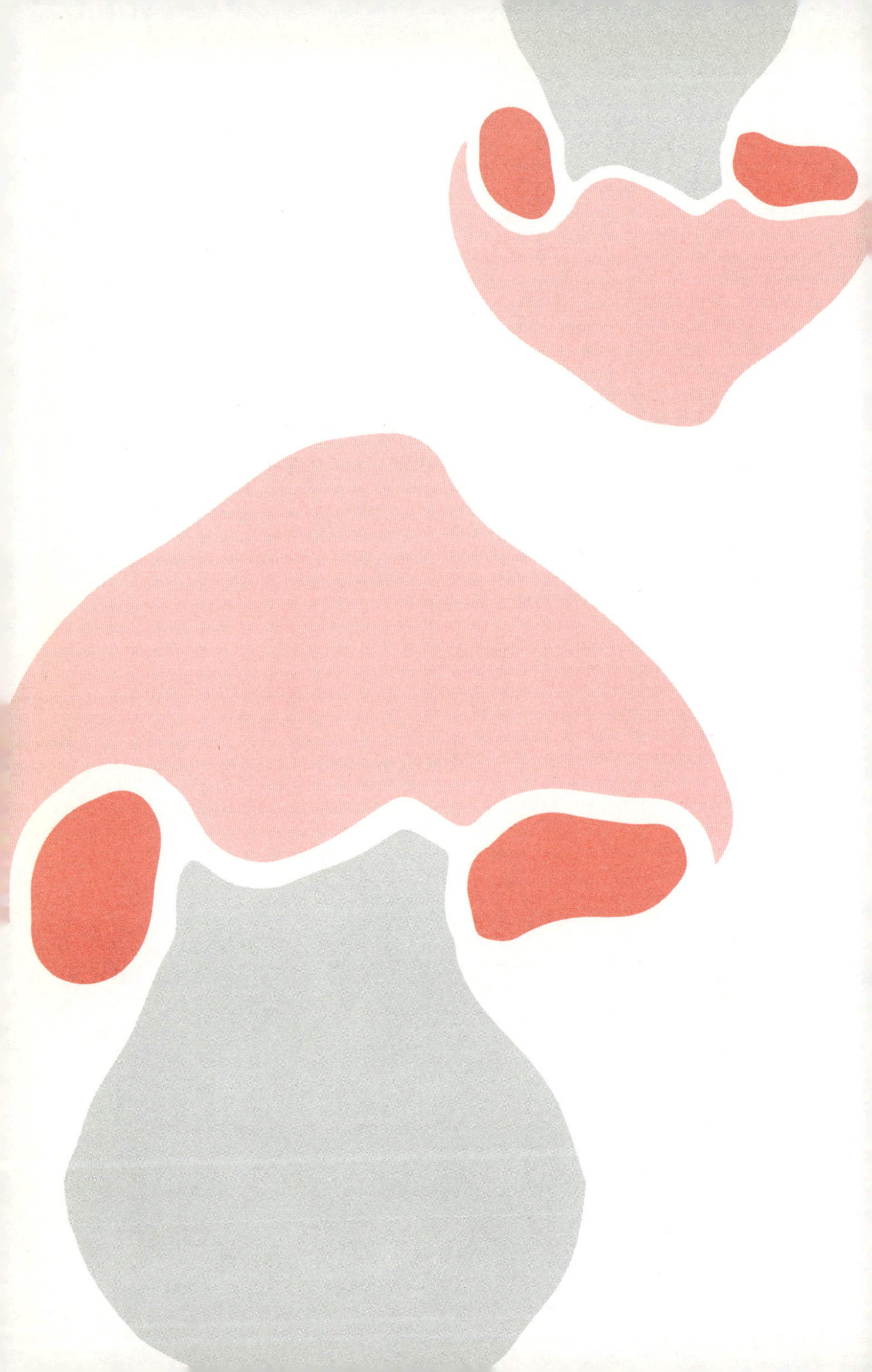

两小无猜的人儿
仓央嘉措

两小无猜的人儿
福幡插在柳旁
看守柳树的哥哥
请别拿石头打它

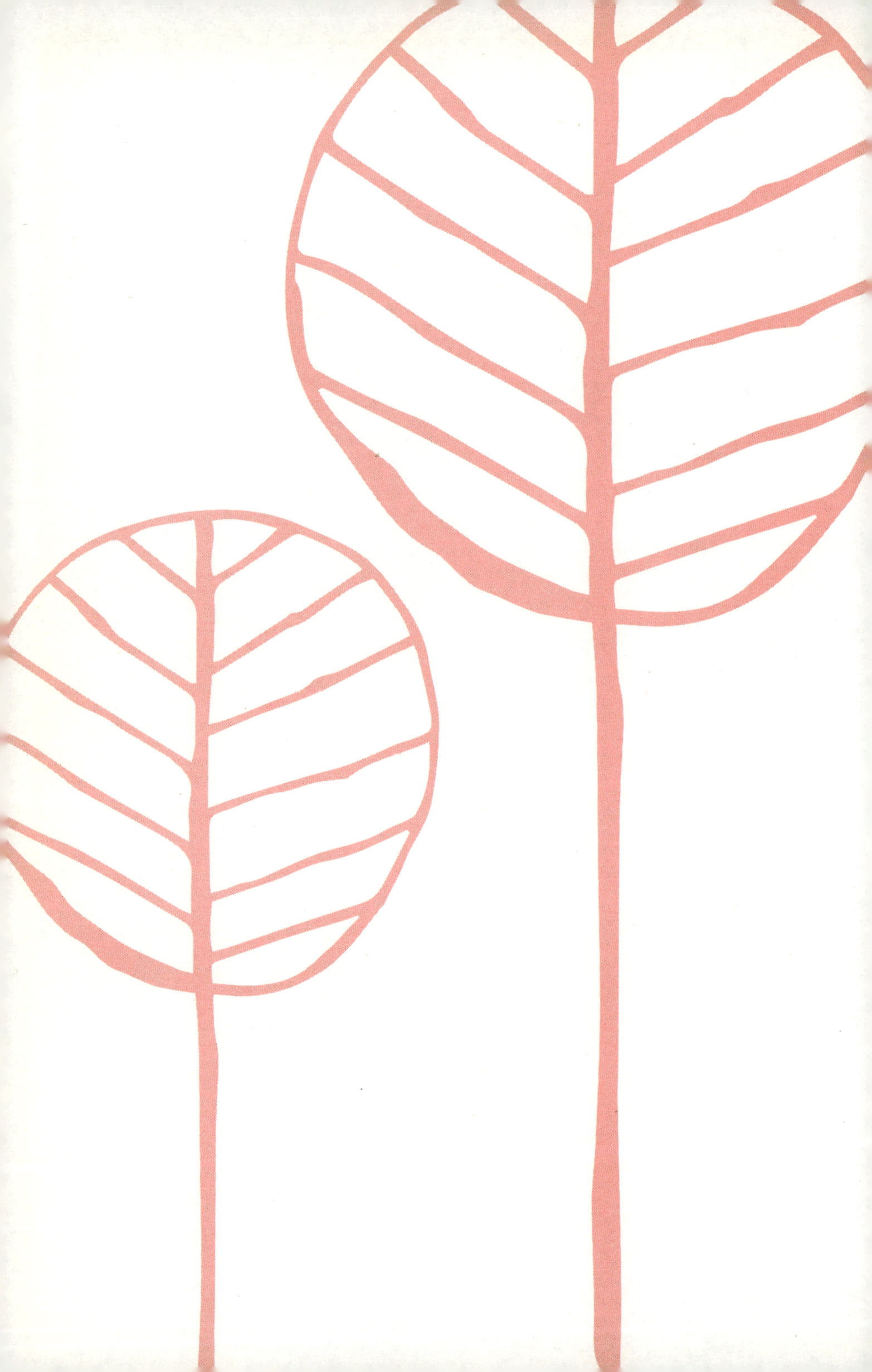

写出的小小黑字
仓央嘉措

写出的小小黑字

水一冲就没了

刻在心上的图画

想擦也擦不掉

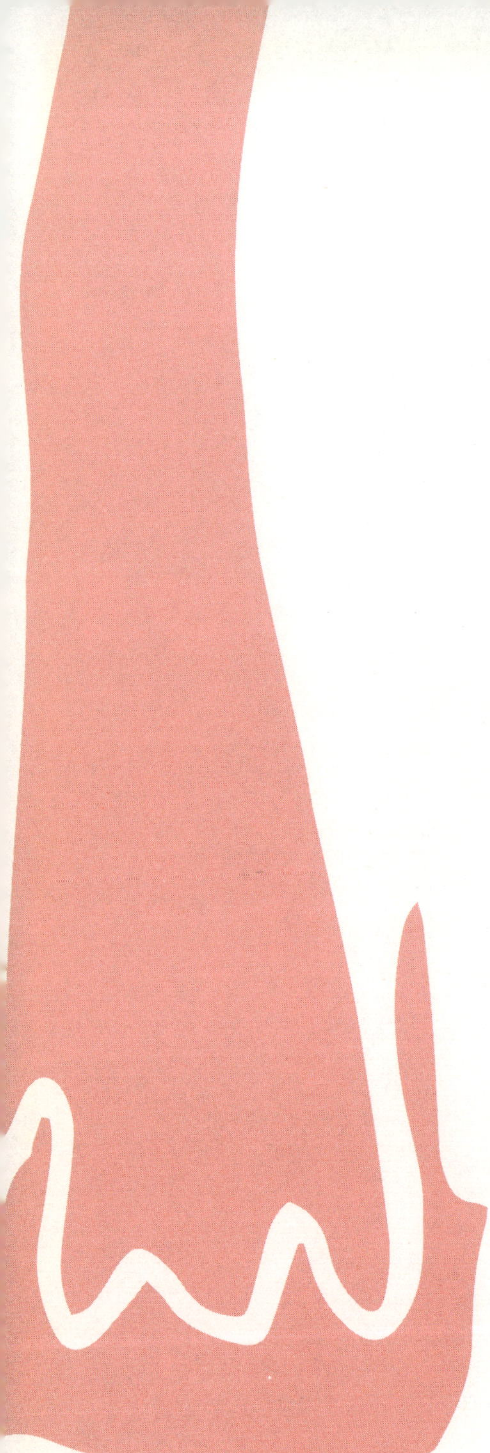

珍宝在自己手里
仓央嘉措

珍宝在自己手里

并不觉得希奇

一旦归了人家

却又满腔是气

洁白的仙鹤
仓央嘉措

洁白的仙鹤

请把双翅借我

不会远走高飞

只到理塘一转就回

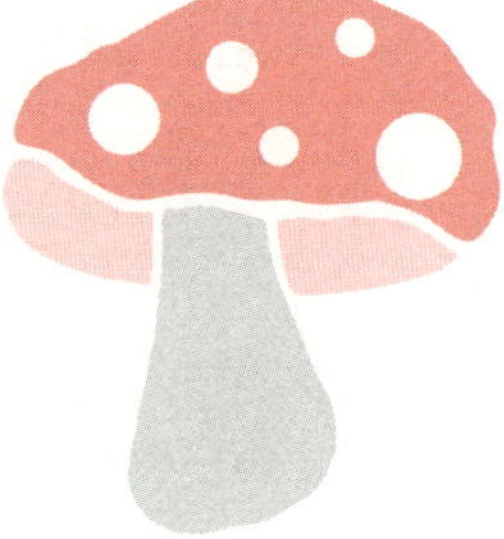

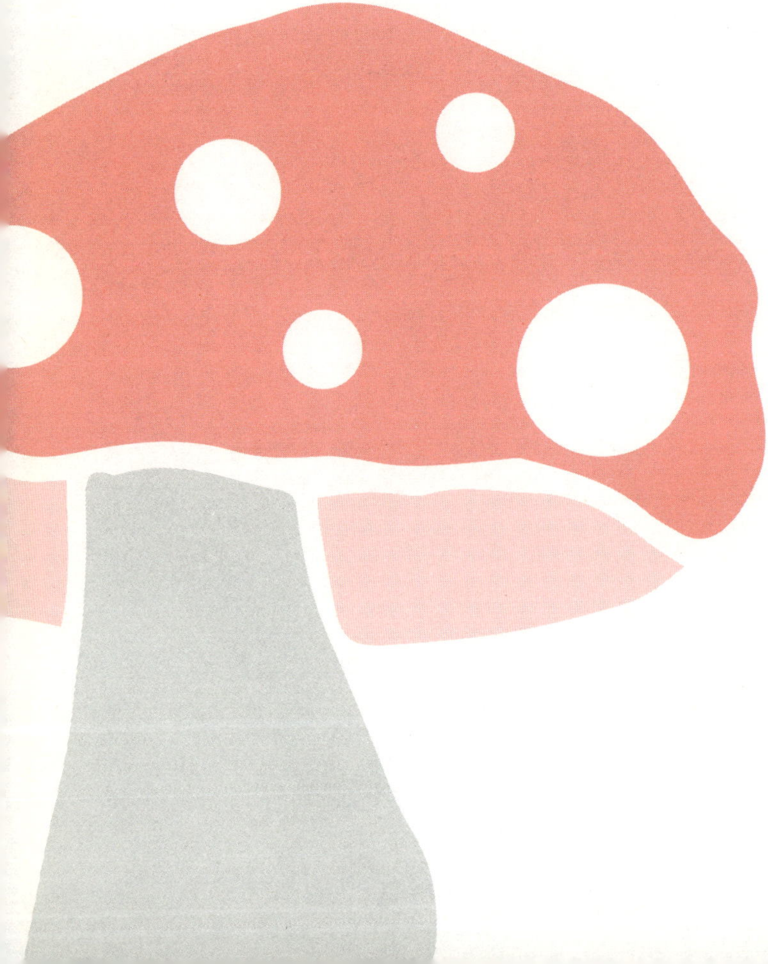

闻官军收河南河北
〔唐〕杜甫

剑外忽传收蓟北,初闻涕泪满衣裳。
却看妻子愁何在,漫卷诗书喜欲狂。
白日放歌须纵酒,青春作伴好还乡。
即从巴峡穿巫峡,便下襄阳向洛阳。

偶然
徐志摩

我是天空里的一片云,
偶尔投影在你的波心——
你不必讶异,
更无须欢喜——
在转瞬间消灭了踪影。

你我相逢在黑夜的海上,
你有你的,我有我的,方向;
你记得也好,
最好你忘掉,
在这交会时互放的光亮!

我的歌

[印度] 泰戈尔

我的孩子,我这一支歌
将扬起它的乐声围绕你的身旁,
好像那爱情的热恋的手臂一样。

我这一支歌将触着你的前额,
好像那祝福的接吻一样。

当你只是一个人的时候,
它将坐在你的身旁,
在你耳边微语着;
当你在人群中的时候,
它将围住你,使你超然物外。

我的歌将成为你的梦的翼翅,
它将把你的心移送到不可知的岸边。

当黑夜覆盖在你路上的时候,
它又将成为那照临在你头上的忠实的星光。

我的歌又将坐在你眼睛的瞳仁里,
将你的视线带入万物的心里。

当我的声音因死亡而沉寂时,
我的歌仍将在我活泼泼的心中唱着。

蒹葭

〔先秦〕

蒹葭苍苍,白露为霜。
所谓伊人,在水一方。
溯洄从之,道阻且长。
溯游从之,宛在水中央。
蒹葭萋萋,白露未晞。
所谓伊人,在水之湄。
溯洄从之,道阻且跻。
溯游从之,宛在水中坻。
蒹葭采采,白露未已。
所谓伊人,在水之涘。
溯洄从之,道阻且右。
溯游从之,宛在水中沚。

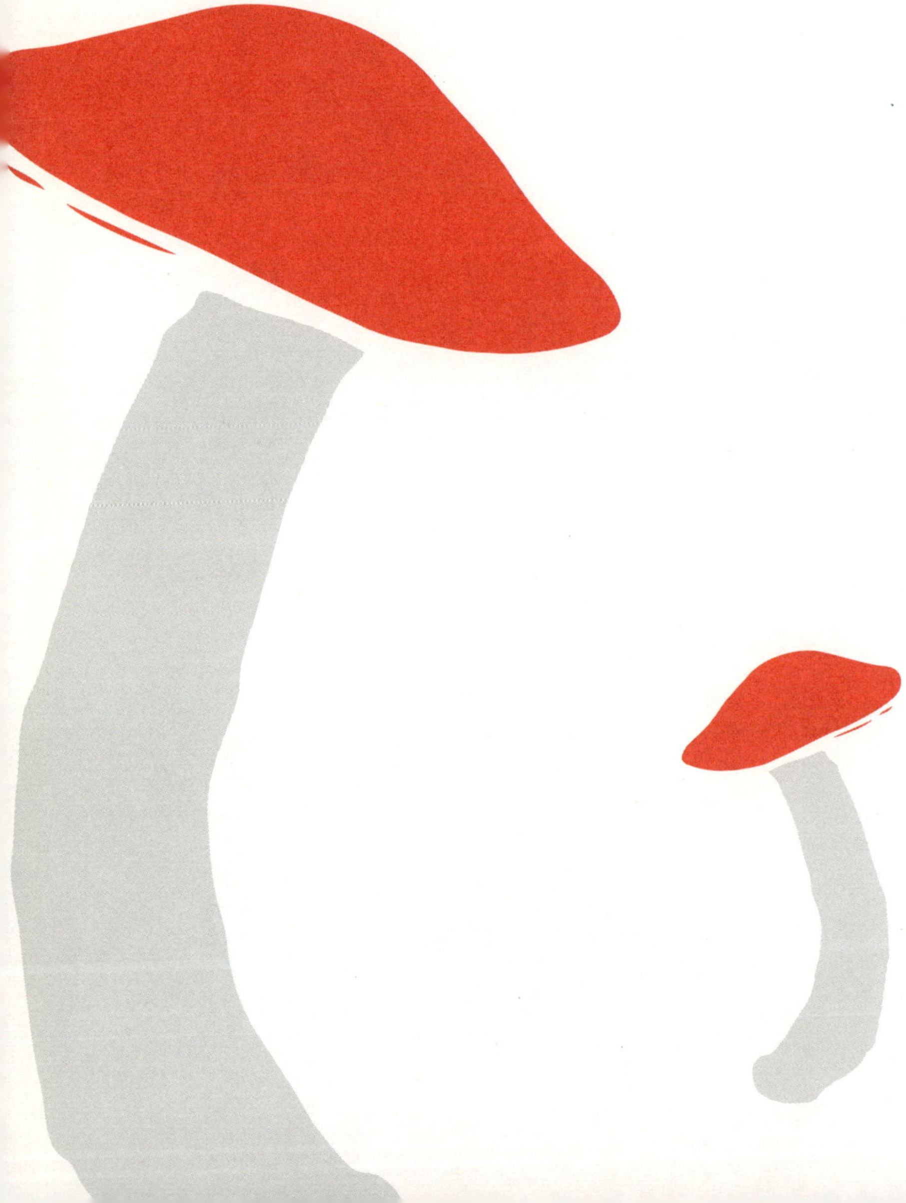

假如生活欺骗了你

[俄国]亚历山大·普希金

假如生活欺骗了你,
不要悲伤,不要心急!
忧郁的日子里需要镇静:
相信吧,快乐的日子将会来临!

心儿永远向往着未来,
现在却常是忧郁。
一切都是瞬息,
一切都将会过去;
而那过去了的,
就会成为亲切的怀恋。

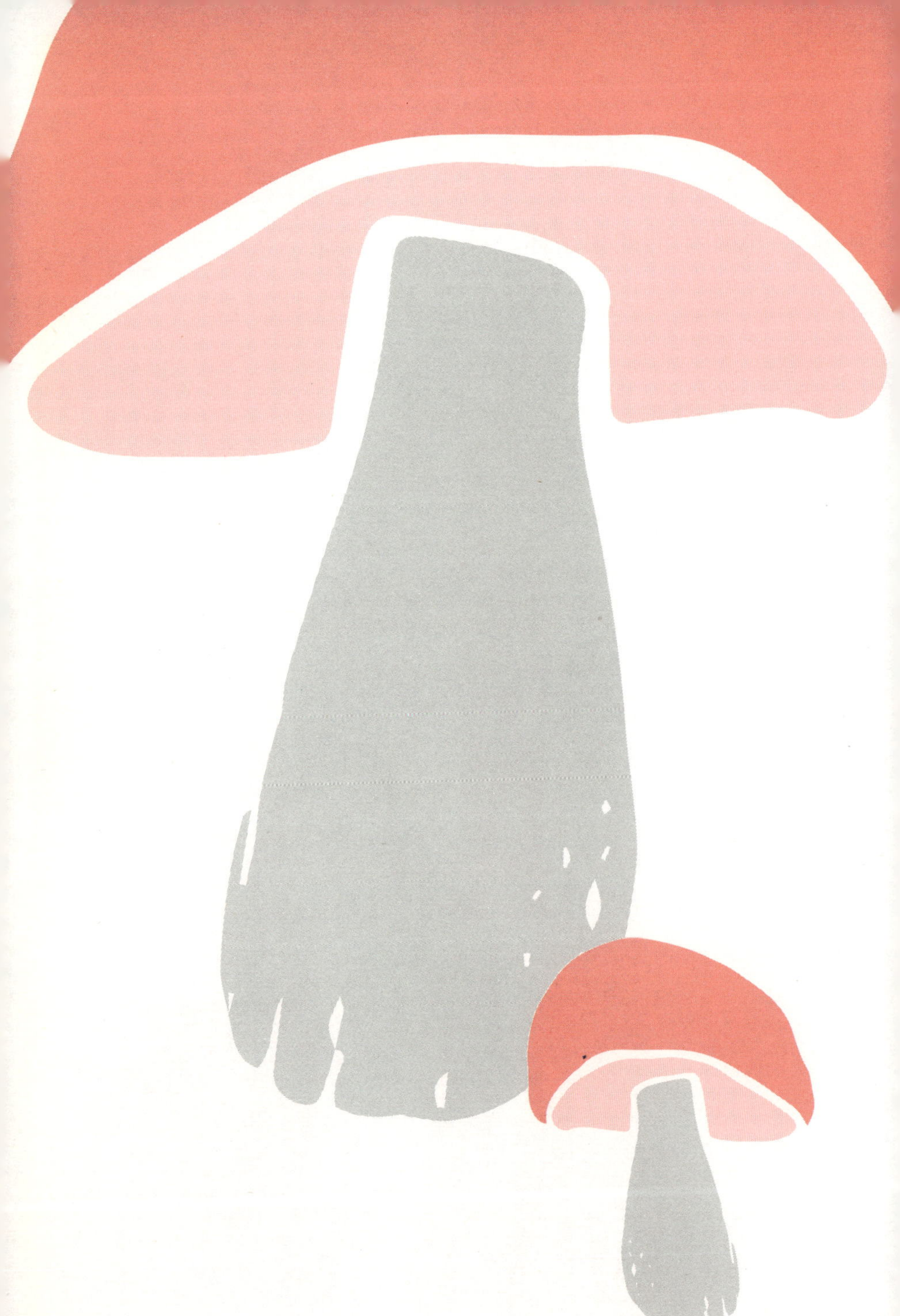

天真的语言

[英国] 威廉·布莱克

一粒一世界

一花一天堂

双手握无限

刹那是永恒

游子吟
〔唐〕孟郊

慈母手中线，游子身上衣。
临行密密缝，意恐迟迟归。
谁言寸草心，报得三春晖。

游山西村
〔宋〕陆游

莫笑农家腊酒浑,丰年留客足鸡豚。
山重水复疑无路,柳暗花明又一村。
箫鼓追随春社近,衣冠简朴古风存。
从今若许闲乘月,拄杖无时夜叩门。

独自的时候

戴望舒

房里曾充满过清朗的笑声,
正如花园里曾充满过蔷薇,
人在满积着梦的灰尘中抽烟,
沉想着消逝了的音乐。

在心头飘来飘去的是什么啊,
像白云一样的无定,像白云一样的沉郁?
而且要对它说话也是徒然的,
正如人徒然的向白云说话一样。

幽暗的房里耀着的只有光泽的木器,
独语着的烟斗也黯然缄默,
人在尘雾的空间描摩着惨白的裸体
和烧着人的火一样的眼睛。

为自己悲哀和为别人悲哀是一样的事,

虽然自己的梦是和别人的不同,
但是我知道今天我是流过眼泪,
而从外边,寂静是悄悄地进来。

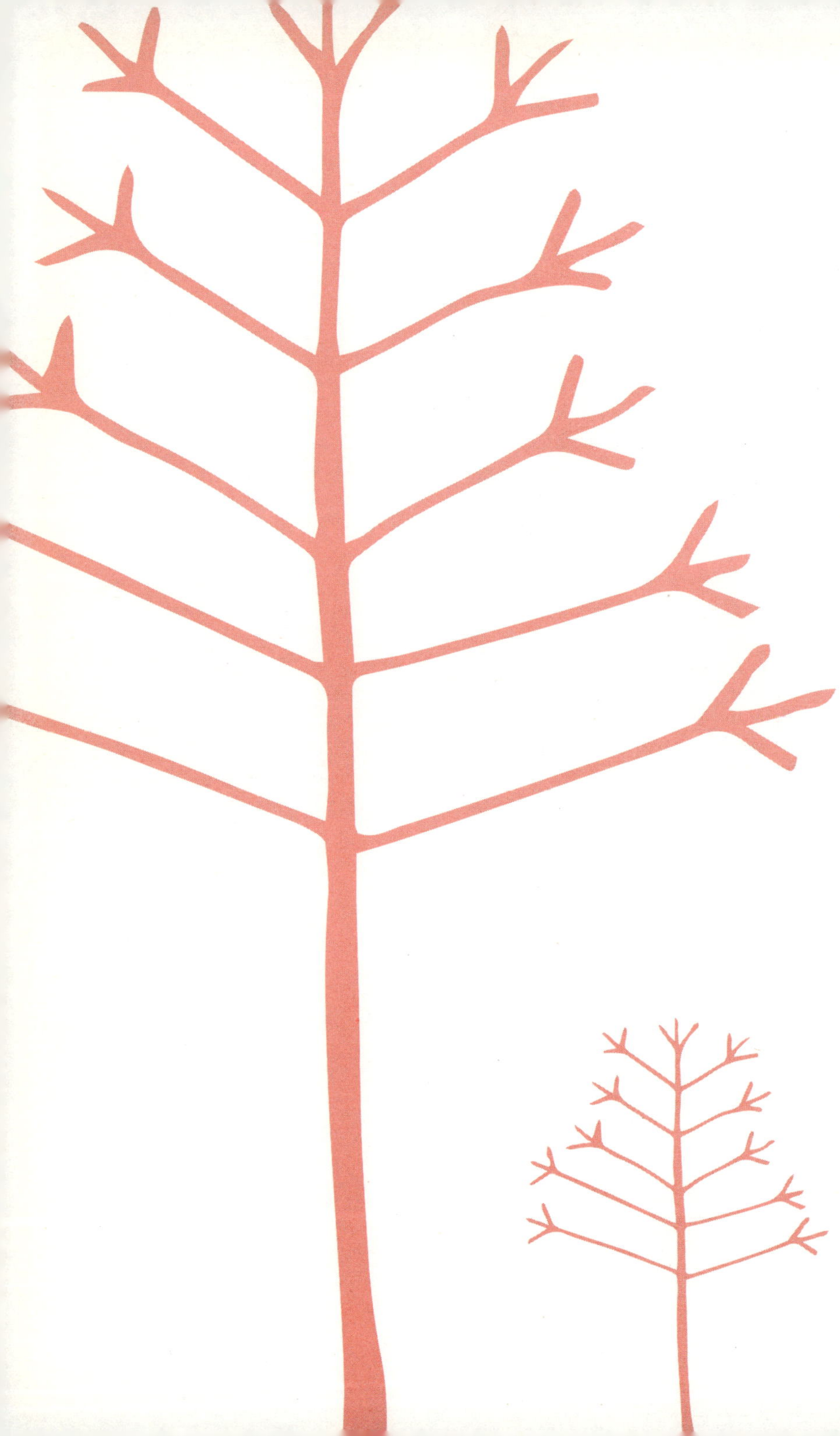

秋(节选)
戴望舒

再过几日秋天是要来了,
默坐着,抽着陶制的烟斗,
我已隐隐地听见它的歌吹,
从江水的船帆上。

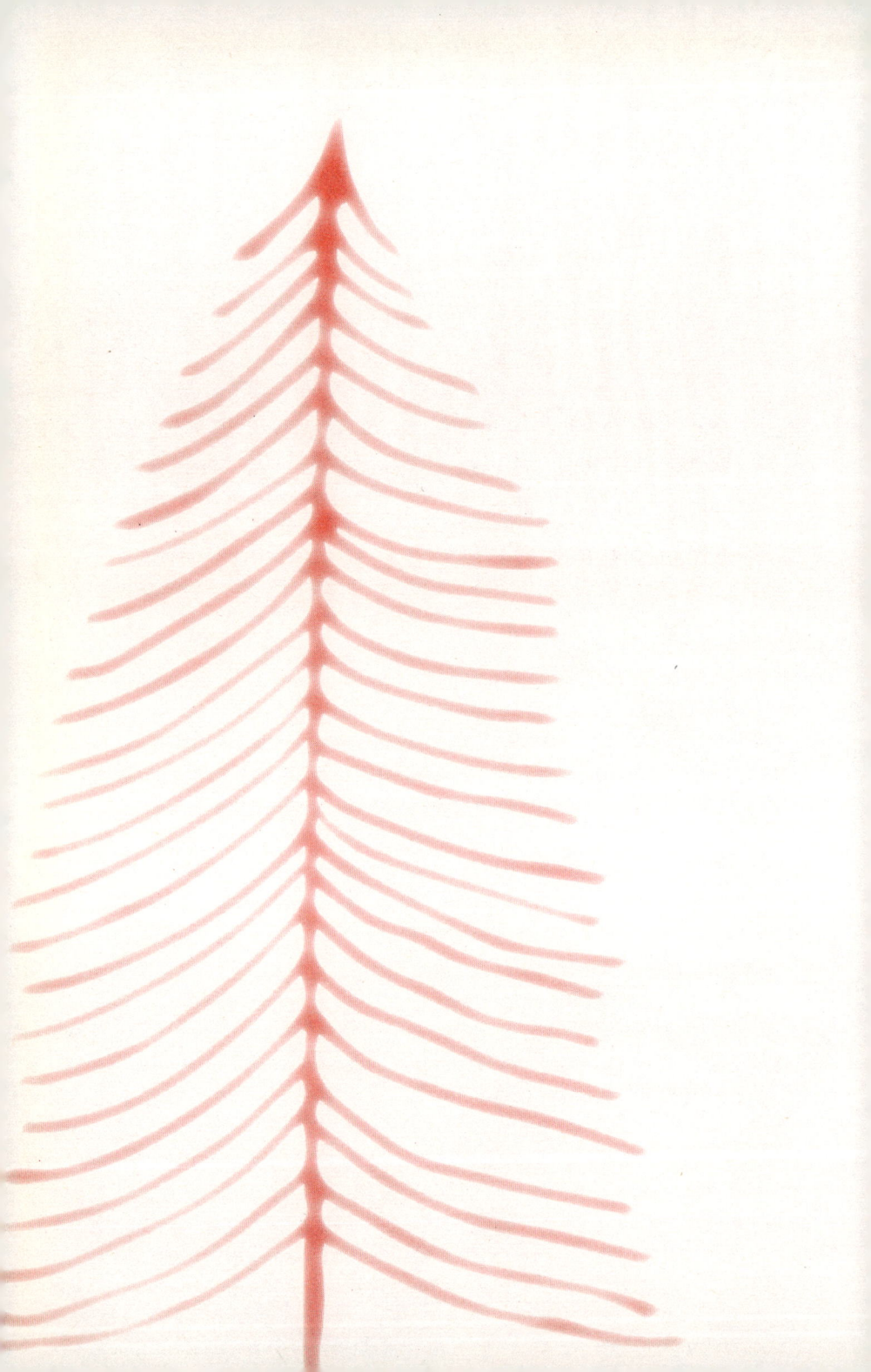

我的素描（节选）
戴望舒

辽远的国土的怀念者，
我，我是寂寞的生物。

假若把我自己描画出来，
那是一幅单纯的静物写生。

我是青春和衰老的集合体，
我有健康的身体和病的心。

不寐（节选）
戴望舒

在沉静底音波中，
每个爱娇的影子，
在眩晕的脑里，
作瞬间的散步；

只是短促的瞬间，
然后列成桃色的队伍，
月移花影地淡然消溶，
飞机上的阅兵式。

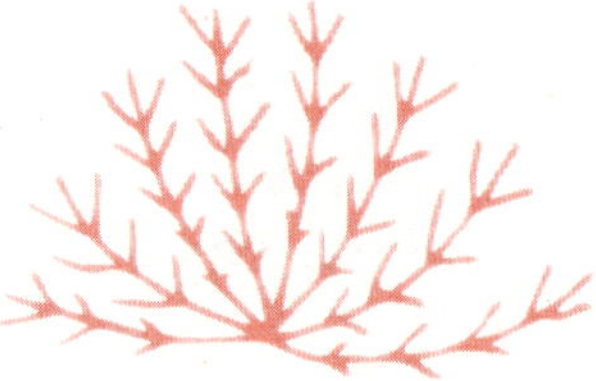

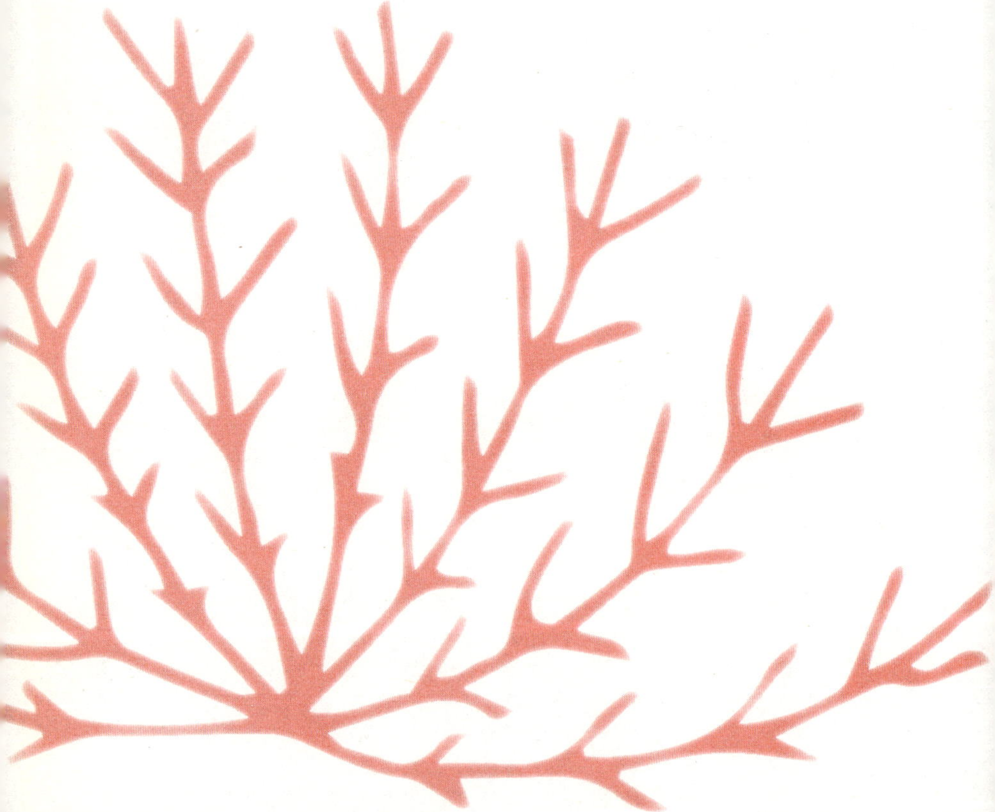

深闭的园子(节选)
戴望舒

小径已铺满苔藓,
而篱门的锁也锈了——
主人却在迢遥的太阳下。

在迢遥的太阳下,
也有璀灿的园林吗?

陌生人在篱边探首,
空想着天外的主人。

赠克木（节选）
戴望舒

我不懂别人为什么给那些星辰
取一些它们不需要的名称，
它们闲游在太空，无牵无挂，
不了解我们，也不求闻达。

记着天狼、海王、大熊……这一大堆，
还有它们的成分，它们的方位，
你绞干了脑汁，涨破了头，
弄了一辈子，还是个未知的宇宙。

我思想

戴望舒

我思想,故我是蝴蝶……
万年后小花的轻呼,
透过无梦无醒的云雾,
来震撼我斑斓的彩翼。

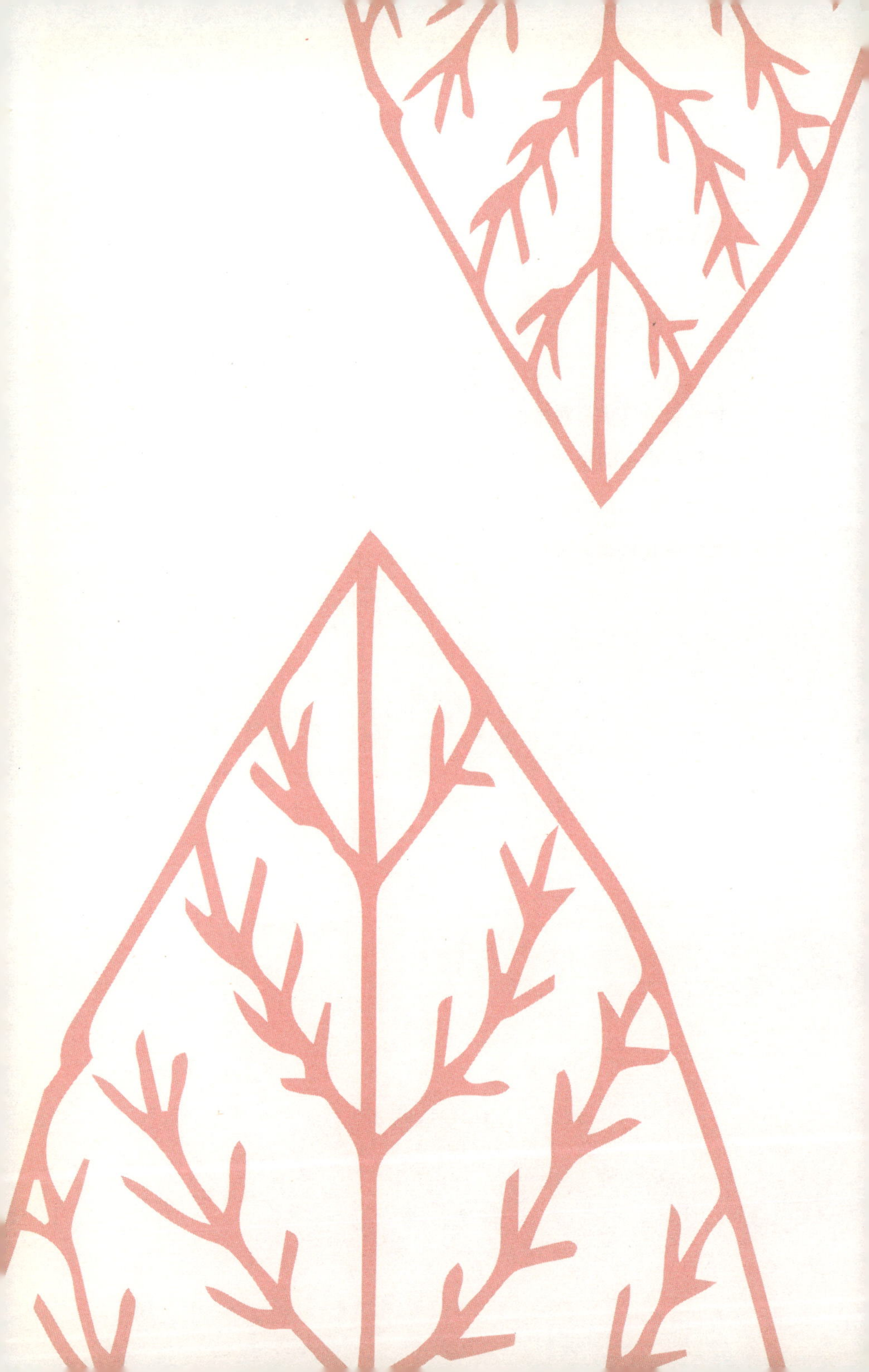

元日祝福

戴望舒

新的年岁带给我们新的希望。
祝福！我们的土地,
血染的土地,焦裂的土地,
更坚强的生命将从而滋长。

新的年岁带给我们新的力量。
祝福！我们的人民,
坚苦的人民,英勇的人民,
苦难会带来自由解放。

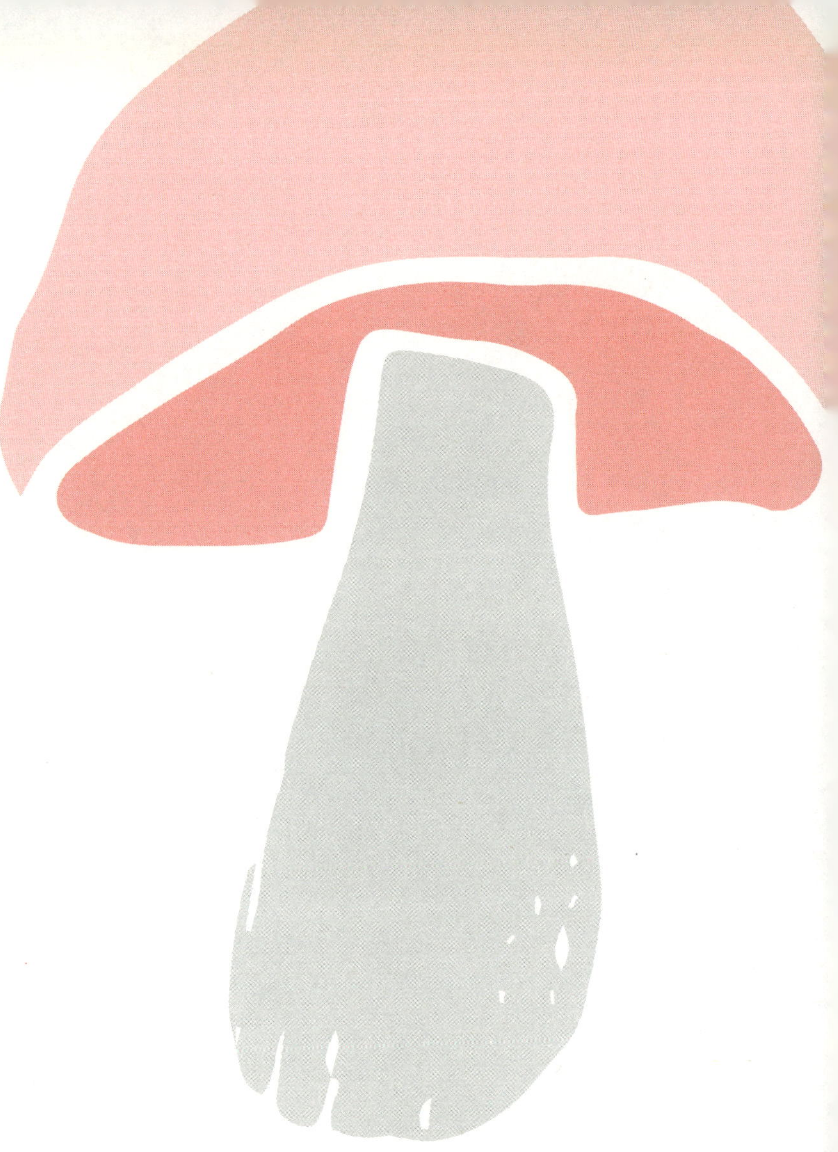

白蝴蝶
戴望舒

给什么智慧给我,
小小的白蝴蝶,
翻开了空白之页,
合上了空白之页?

翻开的书页:
寂寞;
合上的书页:
寂寞。

心愿（节选）
戴望舒

几时可以开颜笑笑，
把肚子吃一个饱，
到树林子去散一会儿步，
然后回来安逸地睡一觉？
只有把敌人打倒。

只有起来打击敌人，
自由和幸福才会降临，
否则这些全是白日梦
和没有现实的游想。

在天晴了的时候

戴望舒

在天晴了的时候,
该到小径中去走走;
给雨润过的泥路,
一定是凉爽又温柔;
炫耀着新绿的小草,
已一下子洗净了尘垢;
不再胆怯的小白菊,
慢慢地抬起它们的头,
试试寒,试试暖,
然后一瓣瓣地绽透;
抖去水珠的凤蝶儿
在木叶间自在闲游,
把它的饰彩的智慧书页
曝着阳光一开一收。

到小径中去走走吧,

在天晴了的时候；
赤着脚，携着手，
踏着新泥，涉过溪流。

新阳推开了阴霾了，
溪水在温风中晕皱，
看山间移动的暗绿——
云的脚迹——它也在闲游。

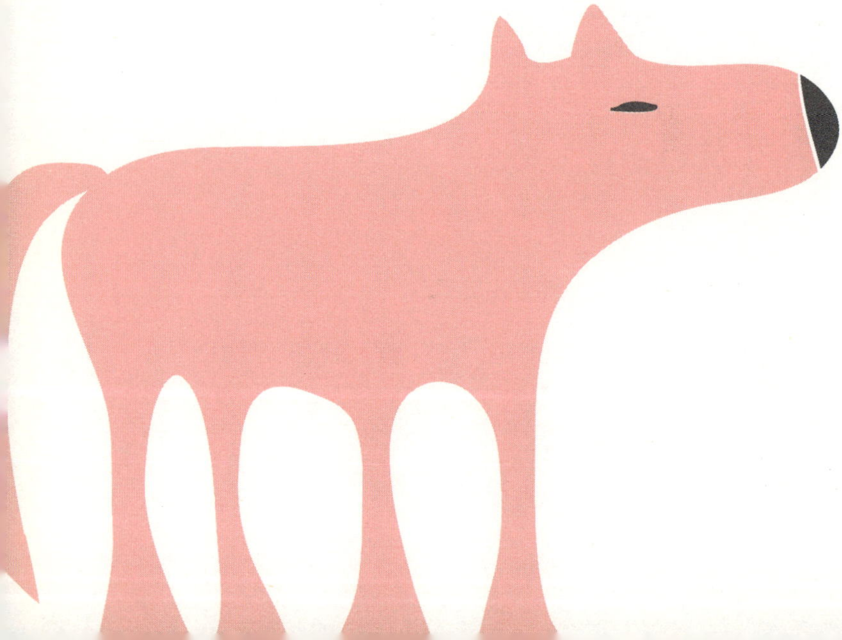

狼和羔羊(寓言诗)

[法国] 拉封丹

一只小羔羊,
饮水清溪旁。
忽然有一头饿狼,
觅食来到这地方。
它看见羔羊容易欺,
就板起脸儿发脾气:
"你好胆大妄为,
搅浑了我的饮水!
我一定得责罚你,
不容你作歹为非!"
羔羊回答道:"陛下容禀:
请陛下暂息雷霆,
小臣是在下游饮水,
陛下在上游,水怎么会弄秽?
陛下贤明聪慧,
一定明白小臣没有弄浑溪水。"

饥狼闻言说道:"别嘴犟,
我说你弄浑就弄浑。
你这东西实在可恶,
去年你还骂过我。"
"去年我怎么会对陛下有不敬之词?
那时我还没有出世,
我是今年三月才出胎,
现在还是在吃奶。"
"如果不是你,一定是你的哥哥。"
"我没有弟兄,是独生子一个。"
"真可恶,不要嘴犟,我不管你,
不是你哥哥,一定是你的亲戚。
你们这些家伙全不是好东西,
还有牧羊人和狗,全合在一起,
整天跟我为难,从来不放手,
别人对我说,一定得报仇。"

说时迟，那时快，
狼心起，把人害，
一跳过去把羊擒，
咬住就向树林行。
不再需要什么诉讼，
也不再三问五审，
把羔羊送给五脏神。

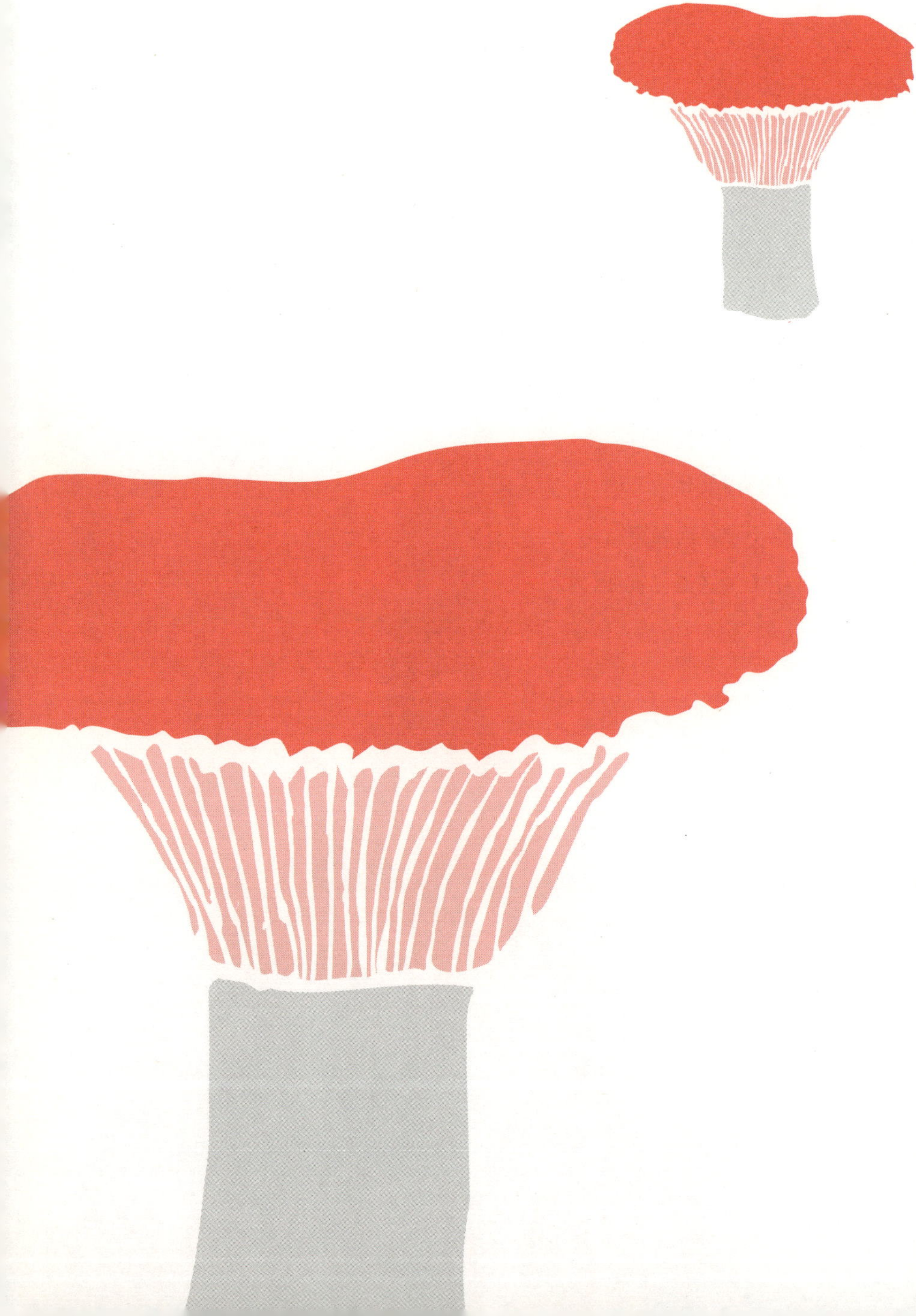

家(节选)

[印度]泰戈尔

我独自漫步在穿过田野的小径上,

夕阳像个守财奴,正藏起它最后一块金子。

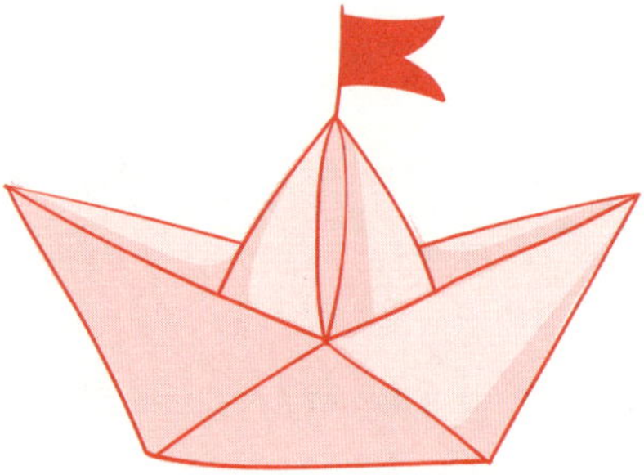

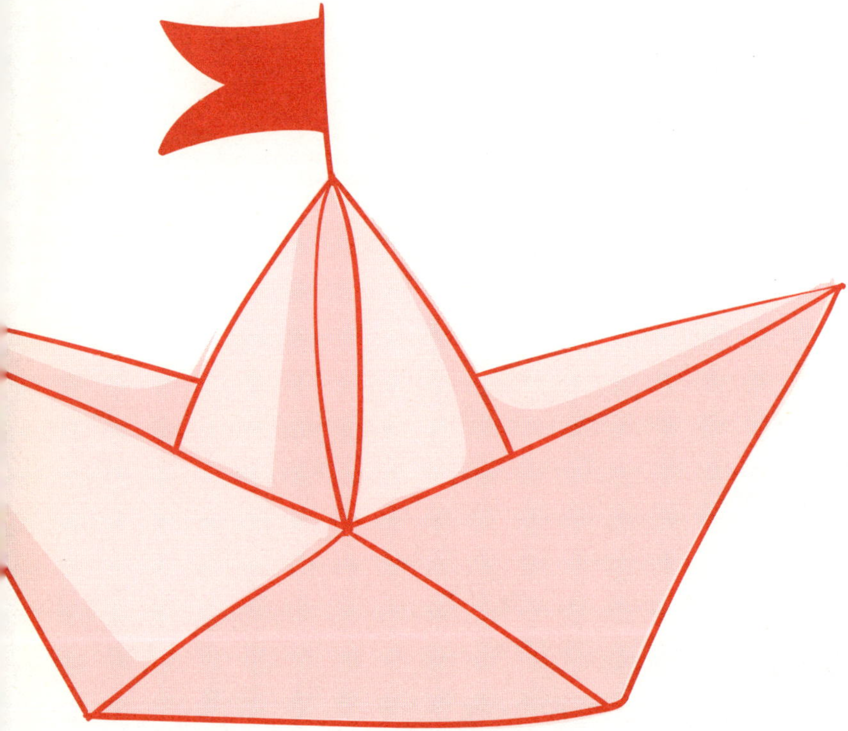

纸船(节选)

[印度]泰戈尔

我日复一日将我的纸船一只只放入潺潺溪水中。

以大大的黑字书写上我的名字及我所住村庄之名。

希望在陌生土地上的某个人能发现这些船,还知道我是谁。

我从我们园子里摘了束秀丽花放在我的小船上,希望这批拂晓绽放的花朵,到了夜里能被平安地带上岸。

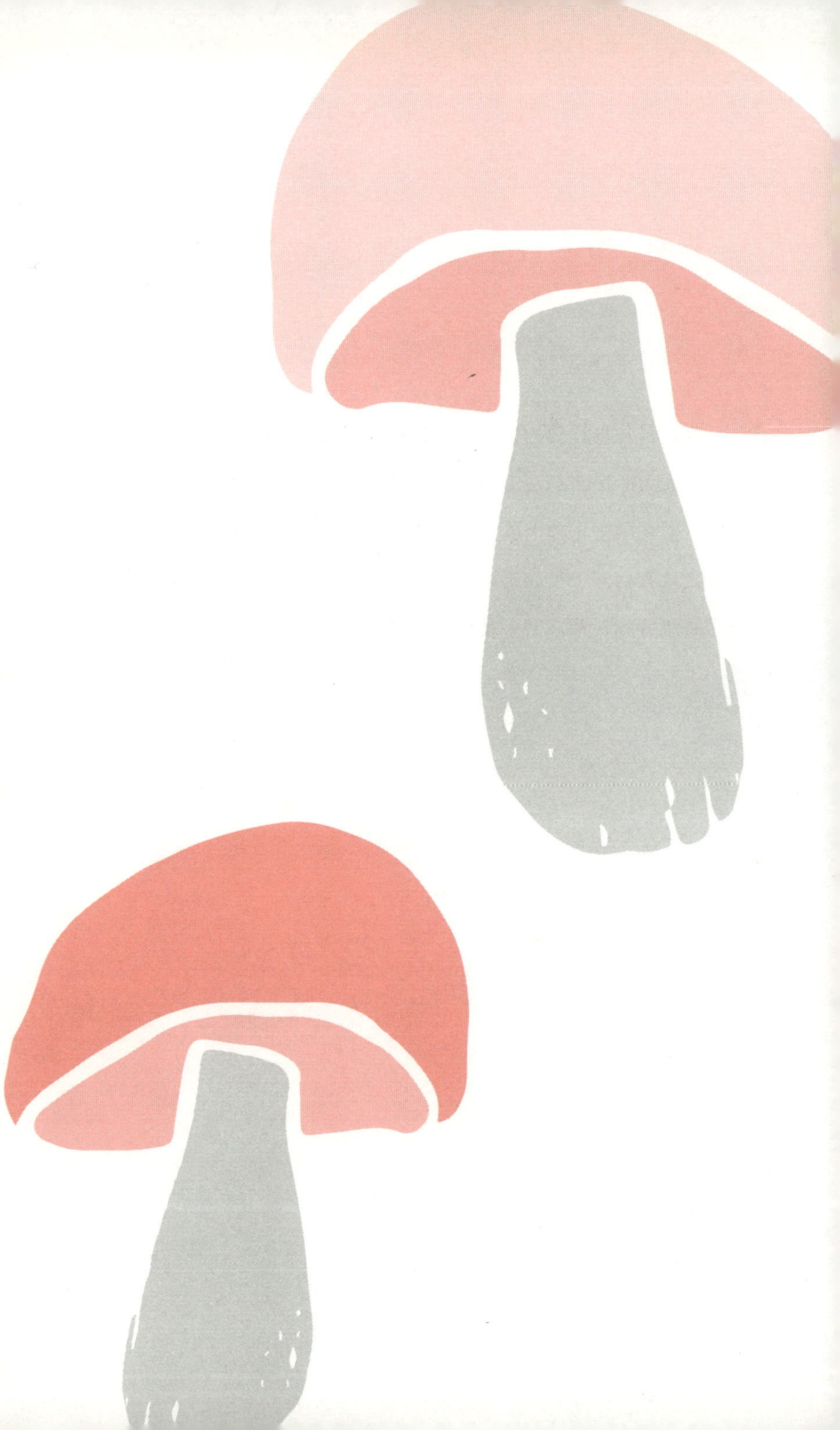

小大人

[印度]泰戈尔

我个子小,因为我还是个小孩。等我到了像爸爸的年纪时,个儿就会变大了。

老师过来跟我说:"时候不早了,去把你的板子和书拿过来。"

我会告诉他:"您难道不知道我已经大得像爸爸,不再需要读书了吗?"

老师觉得奇怪地说:"他想的话,可以不用读书,因为他已经长大了。"

我自己穿好衣服,准备到拥挤的市集去。

叔叔赶过来说:"你会走丢的,我的孩子。让我带你去吧!"

告别

[印度] 泰戈尔

该是我离开的时候了,妈妈,我得走了。

在清寂晨幕的灰暗天色里,您伸了伸手想抱抱床上的宝贝,我得跟您说:"宝贝不在那儿了!——妈妈,我得走了。"

我会化作一缕轻风,照拂着您;当您沐浴时,我会变成水中的涟漪,一次又一次亲吻您。

在风雨不宁的夜晚,当雨滴拍打叶片时,您躺在床上会听见我的呢喃,我的笑声也会随着闪电之光从敞开的窗子照进您房里。

如果您躺在那儿思念您的孩子,直到半夜还睡不着,我会从星空中哼歌给您听:"睡吧,妈妈,睡吧。"

我会趁您睡着时,随着游移月光偷偷爬上您的床,躺在您怀里。

漂鸟集（节选）

[印度]泰戈尔

将自己的武器视为神的人，

当武器得胜时，他却被自己打败了。

西江月·夜行黄沙道中

〔宋〕辛弃疾

明月别枝惊鹊,清风半夜鸣蝉。

稻花香里说丰年,听取蛙声一片。

七八个星天外,两三点雨山前。

旧时茅店社林边,路转溪桥忽见。

饮酒·其五
〔东晋·南朝〕陶渊明

结庐在人境,而无车马喧。
问君何能尔?心远地自偏。
采菊东篱下,悠然见南山。
山气日夕佳,飞鸟相与还。
此中有真意,欲辨已忘言。

乌衣巷
〔唐〕刘禹锡

朱雀桥边野草花,乌衣巷口夕阳斜。
旧时王谢堂前燕,飞入寻常百姓家。

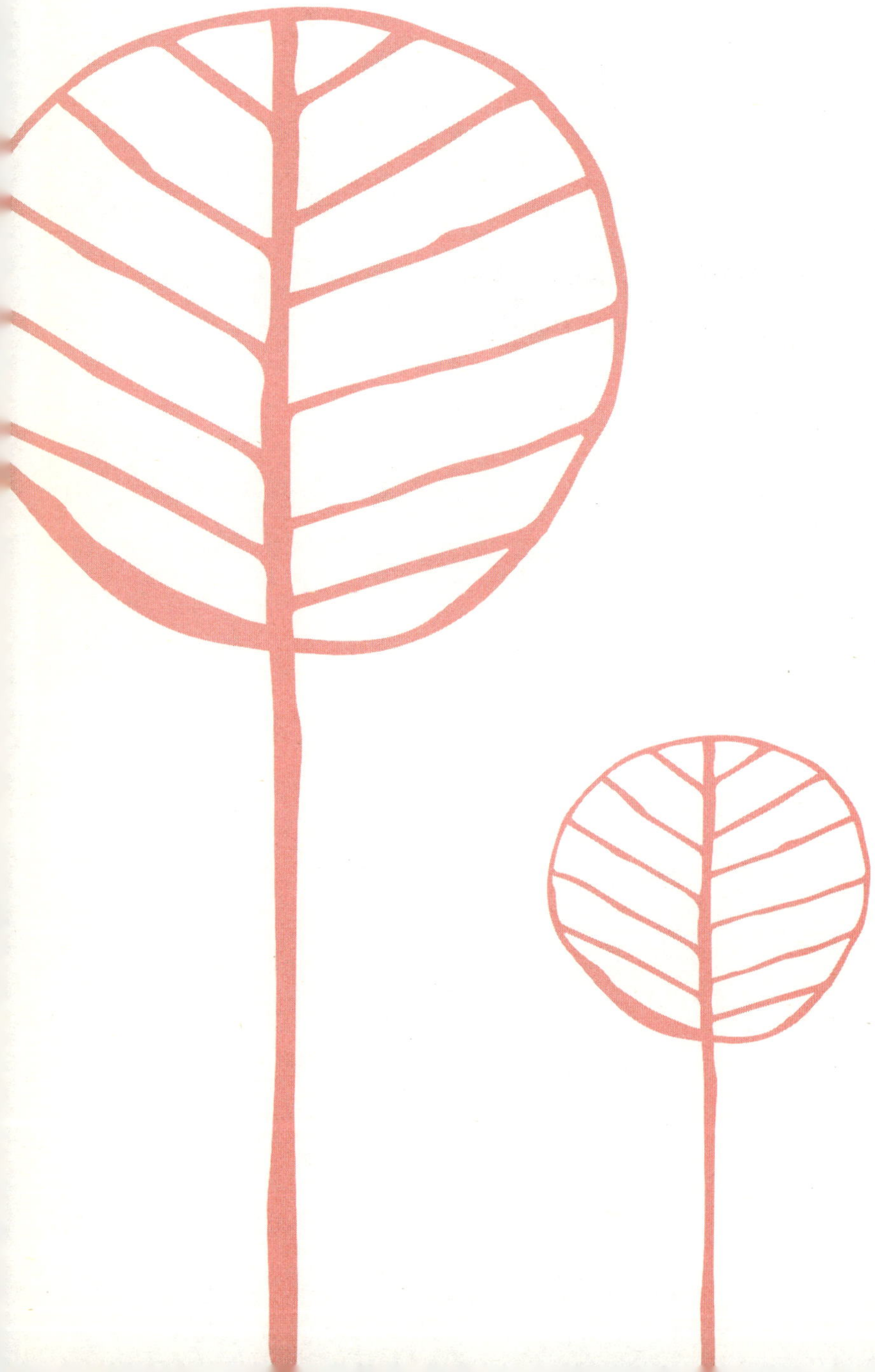

母亲

冰心

母亲呵!
天上的风雨来了,
鸟儿躲到它的巢里;
心中的风雨来了,
我只能躲到你的怀里。

相思

〔唐〕王国维

红豆生南国,春来发几枝?
愿君多采撷,此物最相思。

长相思·山一程

〔清〕纳兰容若

山一程,水一程,
身向榆关那畔行,夜深千帐灯。
风一更,雪一更,
聒碎乡心梦不成,故园无此声。

所见

〔清〕袁枚

牧童骑黄牛,歌声振林樾。
意欲捕鸣蝉,忽然闭口立。

池上
〔唐〕白居易

小娃撑小艇,偷采白莲回。
不解藏踪迹,浮萍一道开。

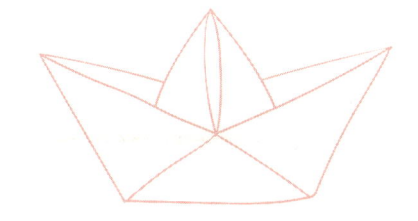

回乡偶书二首·其一

〔唐〕贺知章

少小离家老大回,乡音无改鬓毛衰。
儿童相见不相识,笑问客从何处来。

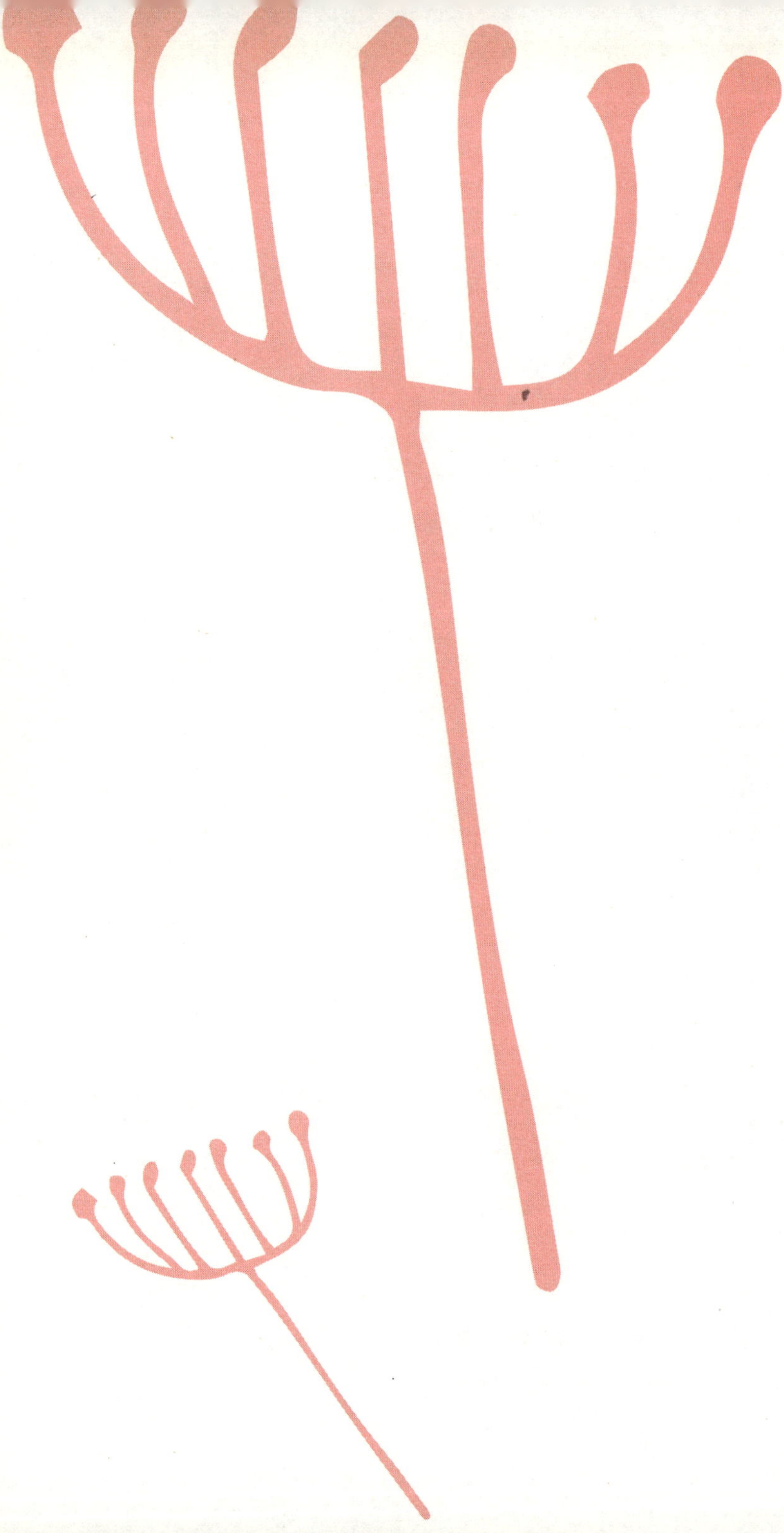

清明

〔唐〕杜牧

清明时节雨纷纷,路上行人欲断魂。
借问酒家何处有,牧童遥指杏花村。

寻隐者不遇
〔唐〕贾岛

松下问童子,言师采药去。
只在此山中,云深不知处。

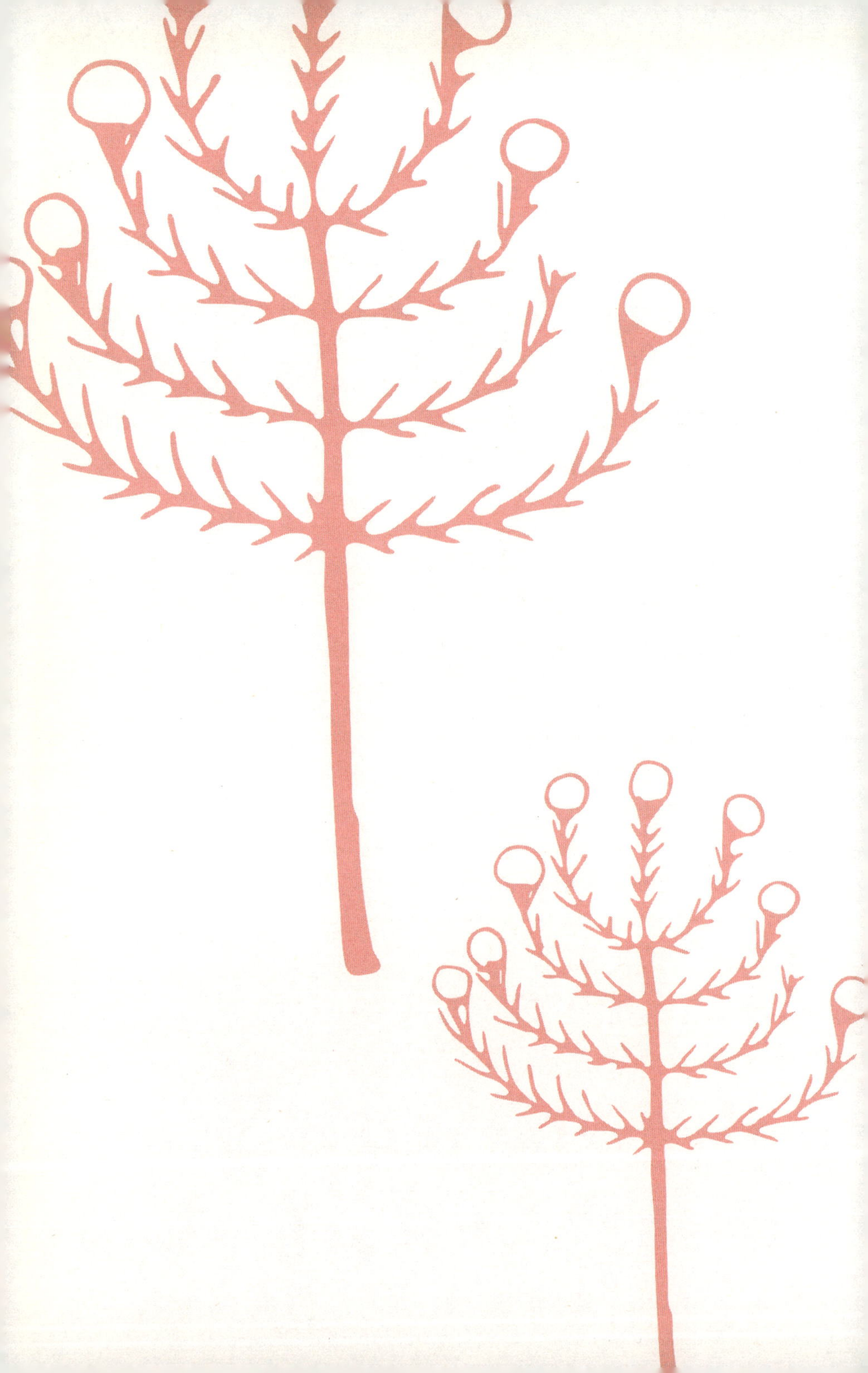

木兰诗

〔北朝〕佚名

唧唧复唧唧，木兰当户织。不闻机杼声，惟闻女叹息。

问女何所思，问女何所忆。女亦无所思，女亦无所忆。昨夜见军帖，可汗大点兵，军书十二卷，卷卷有爷名。阿爷无大儿，木兰无长兄，愿为市鞍马，从此替爷征。

东市买骏马，西市买鞍鞯，南市买辔头，北市买长鞭。旦辞爷娘去，暮宿黄河边，不闻爷娘唤女声，但闻黄河流水鸣溅溅。旦辞黄河去，暮至黑山头，不闻爷娘唤女声，但闻燕山胡骑鸣啾啾。

万里赴戎机，关山度若飞。朔气传金柝，寒光照铁衣。将军百战死，壮士十年归。

归来见天子，天子坐明堂。策勋十二转，赏赐百千强。可汗问所欲，木兰不用尚书郎，愿驰千里足，送儿还故乡。

爷娘闻女来，出郭相扶将；阿姊闻妹来，当户理红妆；小弟闻姊来，磨刀霍霍向猪羊。开我东阁门，坐我西阁床，脱我战时袍，著我旧时裳。当窗理云鬓，对镜帖花黄。出门看火伴，火伴皆惊忙：同行十二年，不知木兰是女郎。

雄兔脚扑朔，雌兔眼迷离；双兔傍地走，安能辨我是雄雌？

念奴娇·赤壁怀古

〔宋〕苏轼

大江东去,浪淘尽,千古风流人物。
故垒西边,人道是,三国周郎赤壁。
乱石崩云,惊涛拍岸,卷起千堆雪。
江山如画,一时多少豪杰。
遥想公瑾当年,小乔初嫁了,雄姿英发。
羽扇纶巾,谈笑间,樯橹灰飞烟灭。
故国神游,多情应笑我,早生华发。
人生如梦,一尊还酹江月。

声声慢

〔宋〕李清照

寻寻觅觅,冷冷清清,凄凄惨惨戚戚。乍暖还寒时候,最难将息。三杯两盏淡酒,怎敌他、晚来风急?
雁过也,正伤心,却是旧时相识。

满地黄花堆积。憔悴损,如今有谁堪摘?守着窗儿,独自怎生得黑?梧桐更兼细雨,到黄昏、点点滴滴。这次第,怎一个愁字了得!

虞美人
〔五代〕李煜

春花秋月何时了？往事知多少。
小楼昨夜又东风，故国不堪回首月明中。

雕栏玉砌应犹在，只是朱颜改。问君能有几多愁？恰似一江春水向东流。

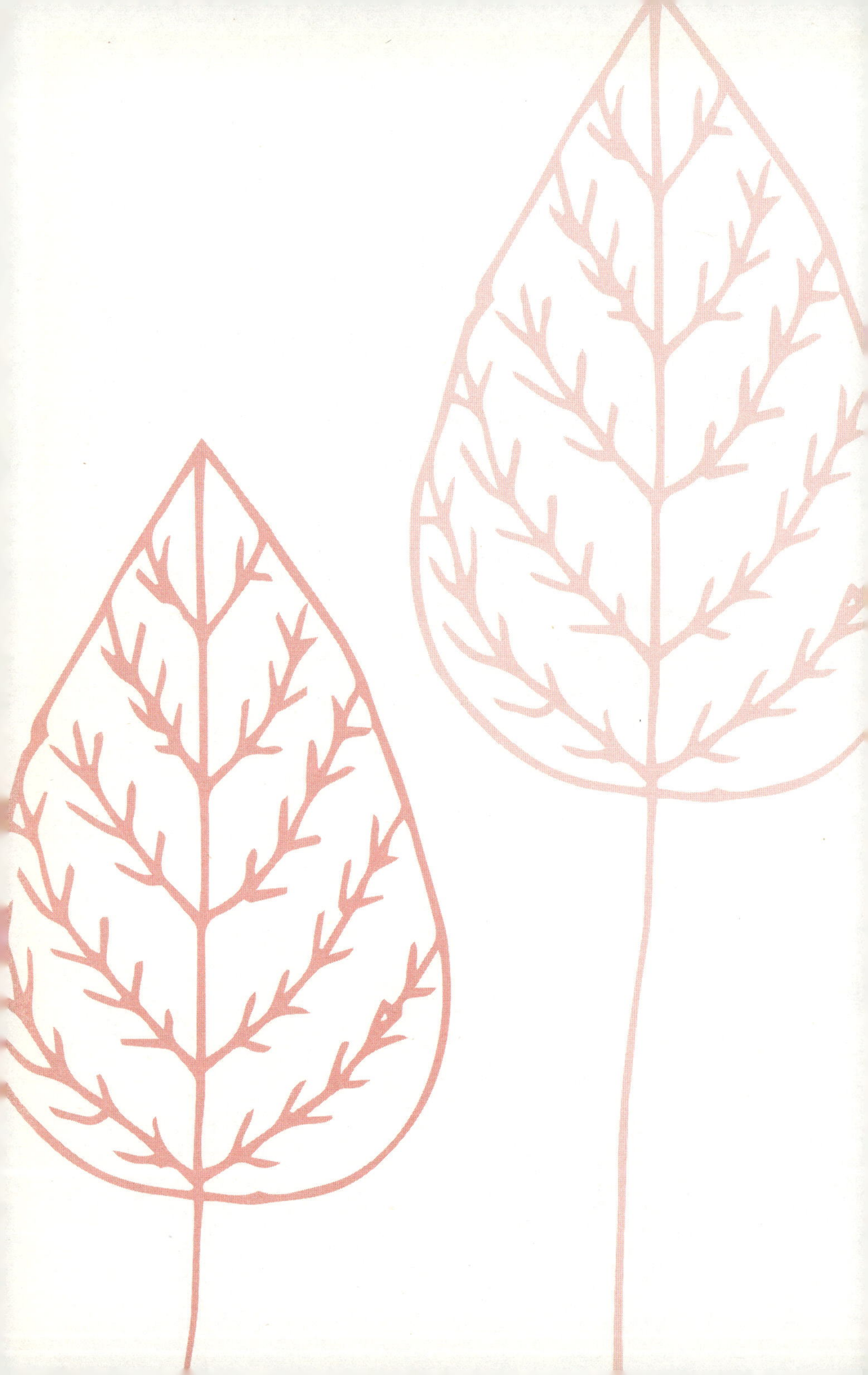

短歌行（节选）

〔三国〕曹操

对酒当歌，人生几何！譬如朝露，去日苦多。

慨当以慷，忧思难忘。何以解忧？唯有杜康。

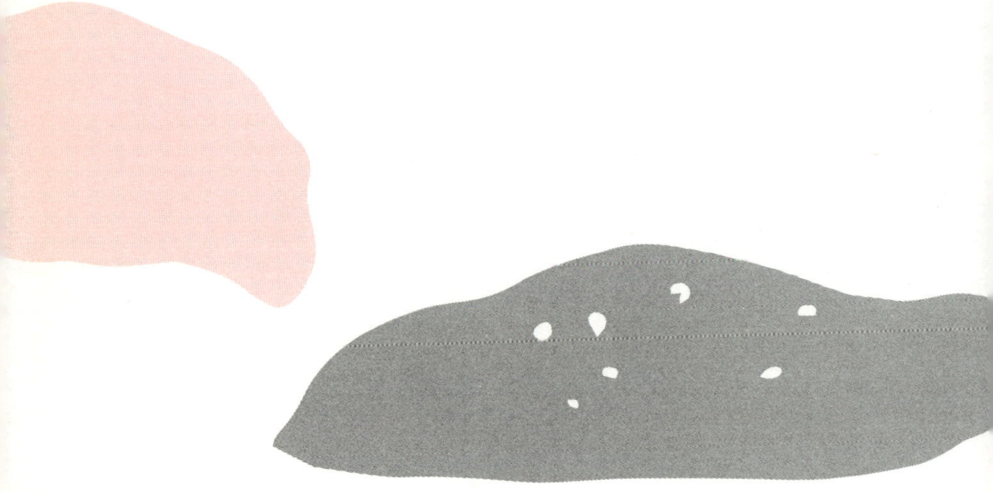

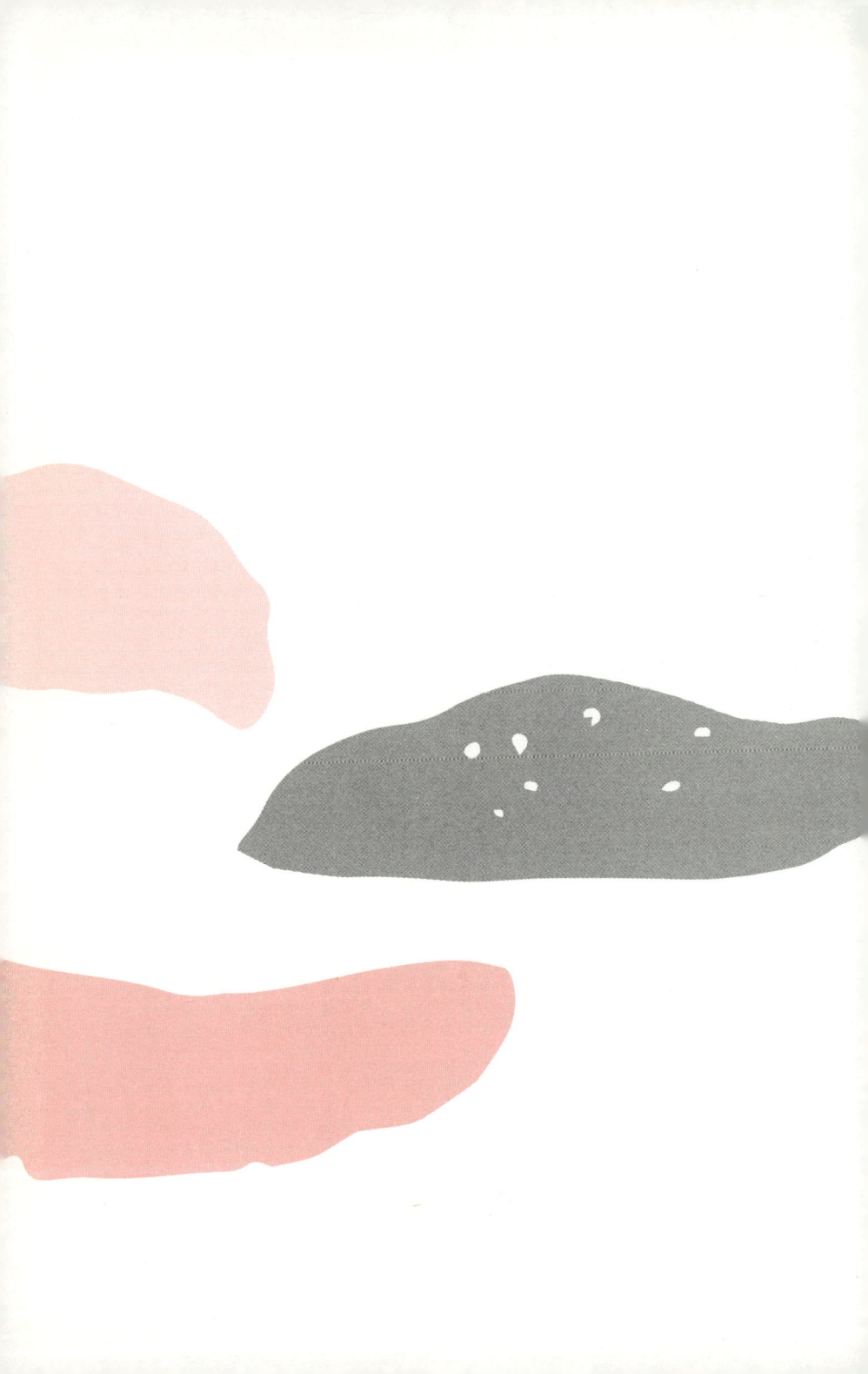

竹石

〔清〕郑燮

咬定青山不放松,立根原在破岩中。

千磨万击还坚劲,任尔东西南北风。

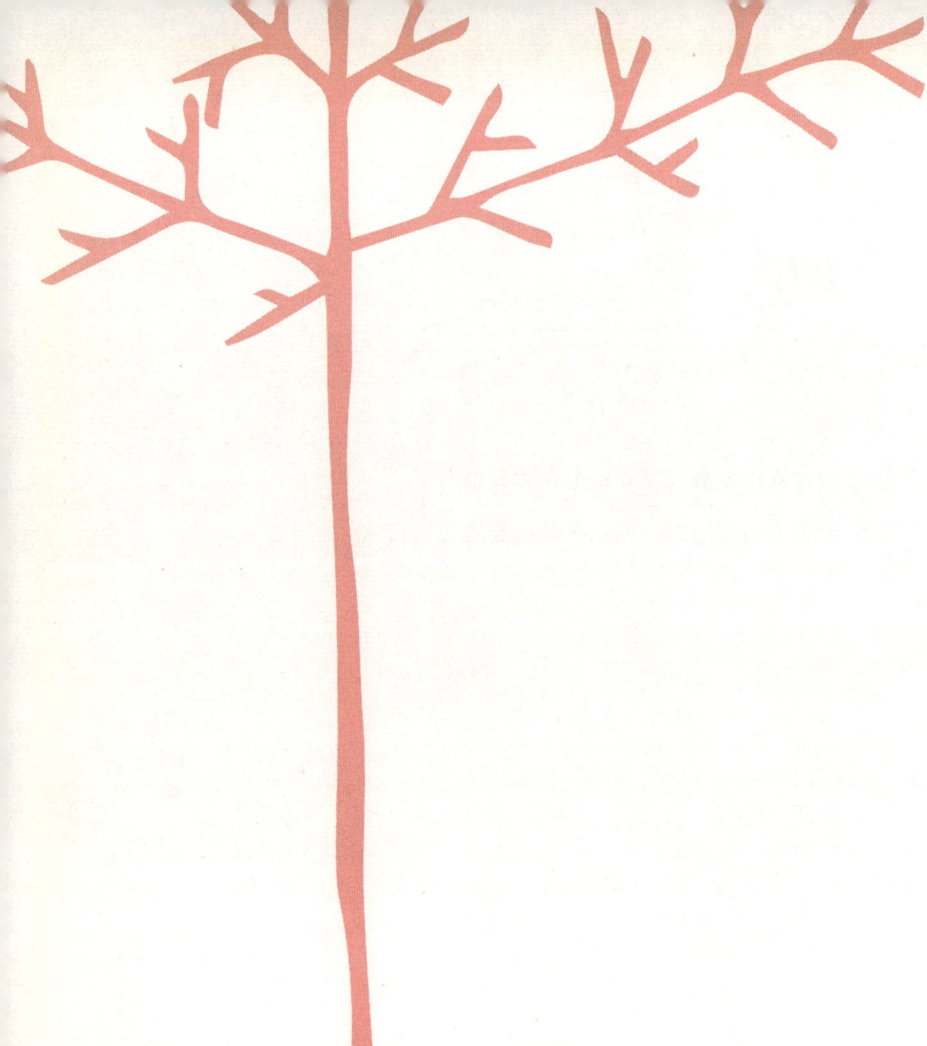

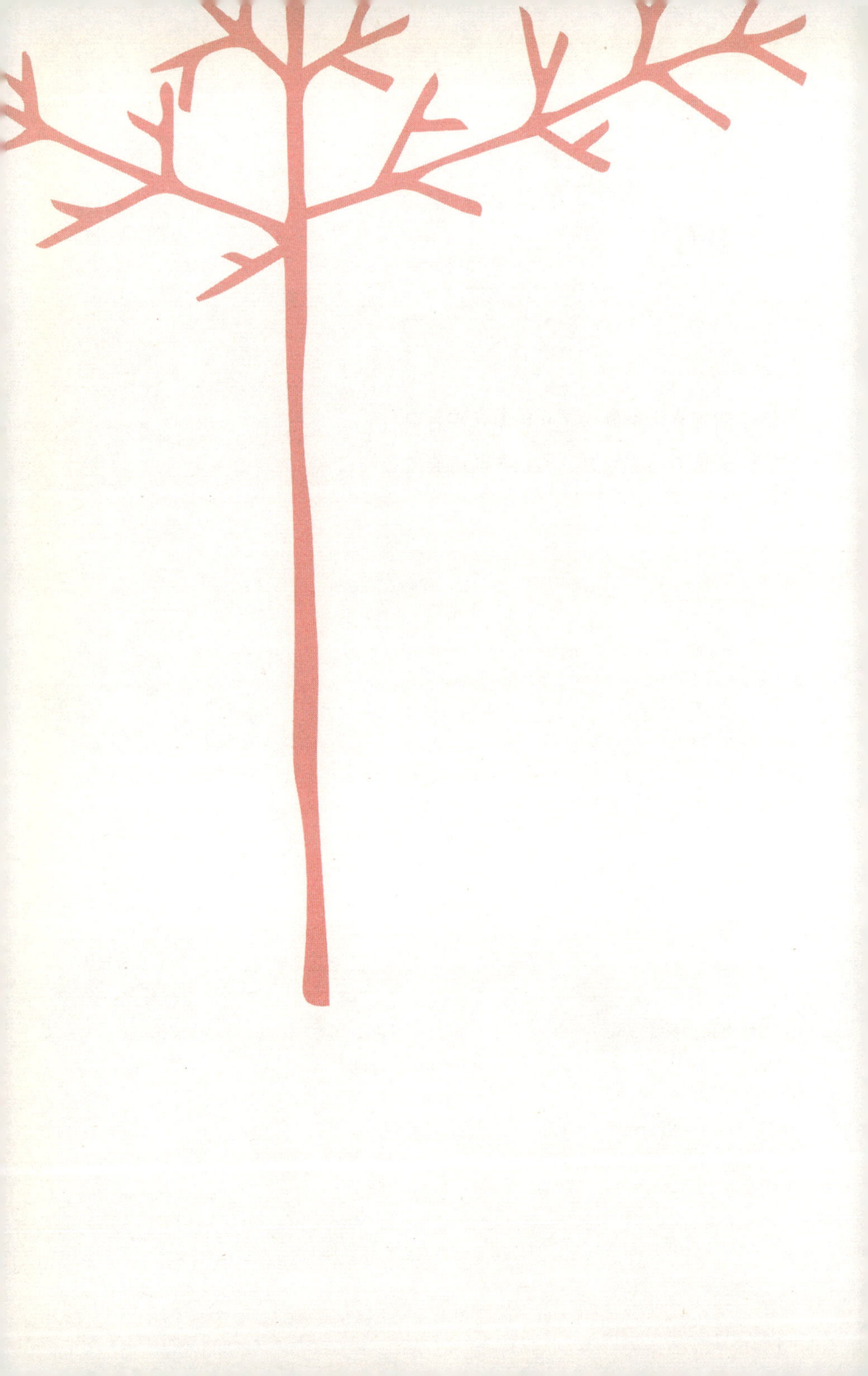

赠汪伦
〔唐〕李白

李白乘舟将欲行,忽闻岸上踏歌声。
桃花潭水深千尺,不及汪伦送我情。

春夜喜雨

〔唐〕杜甫

好雨知时节,当春乃发生。
随风潜入夜,润物细无声。
野径云俱黑,江船火独明。
晓看红湿处,花重锦官城。

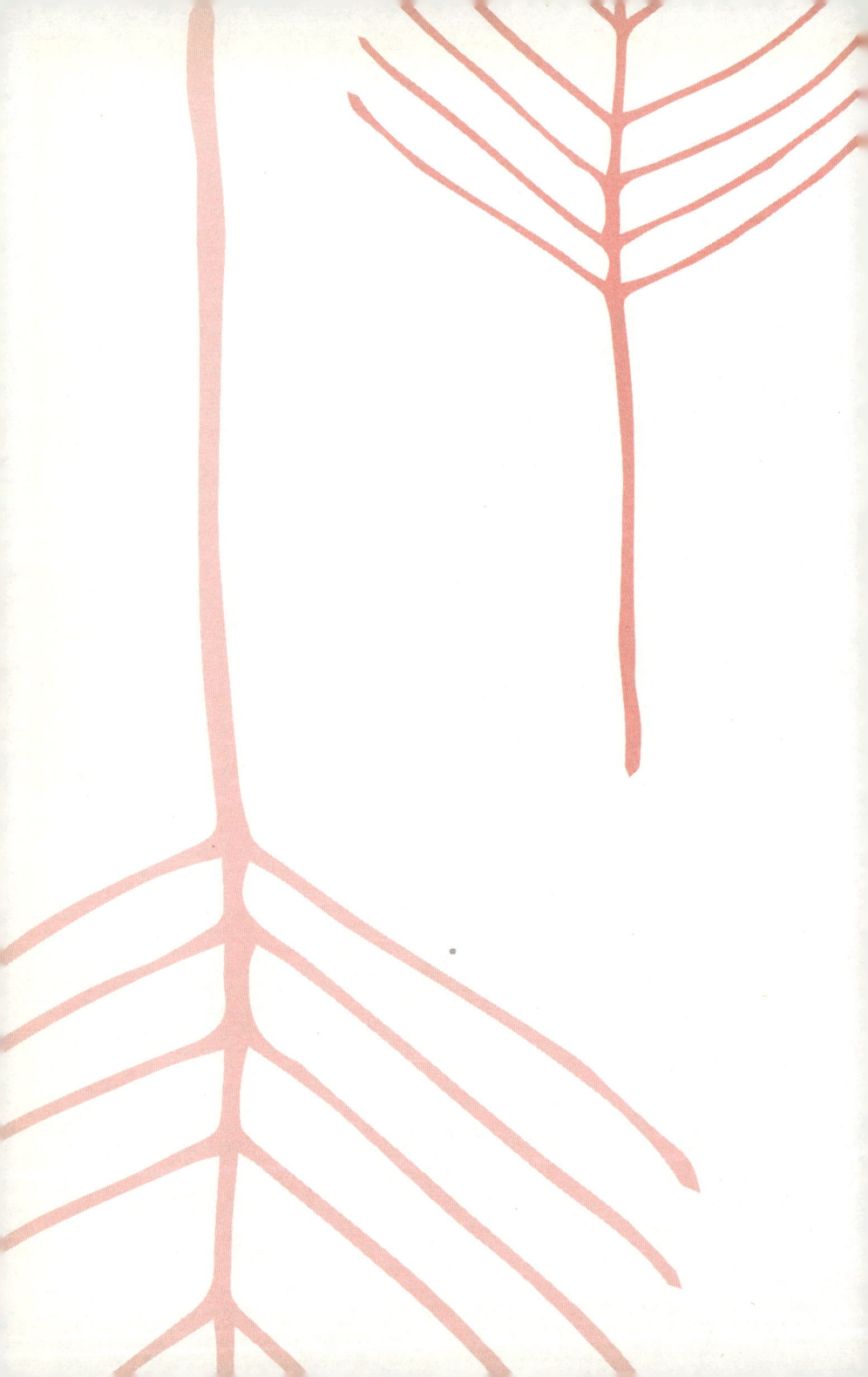

元日
〔宋〕王安石

爆竹声中一岁除,春风送暖入屠苏。
千门万户曈曈日,总把新桃换旧符。

望庐山瀑布
〔唐〕李白

日照香炉生紫烟,遥看瀑布挂前川。

飞流直下三千尺,疑是银河落九天。

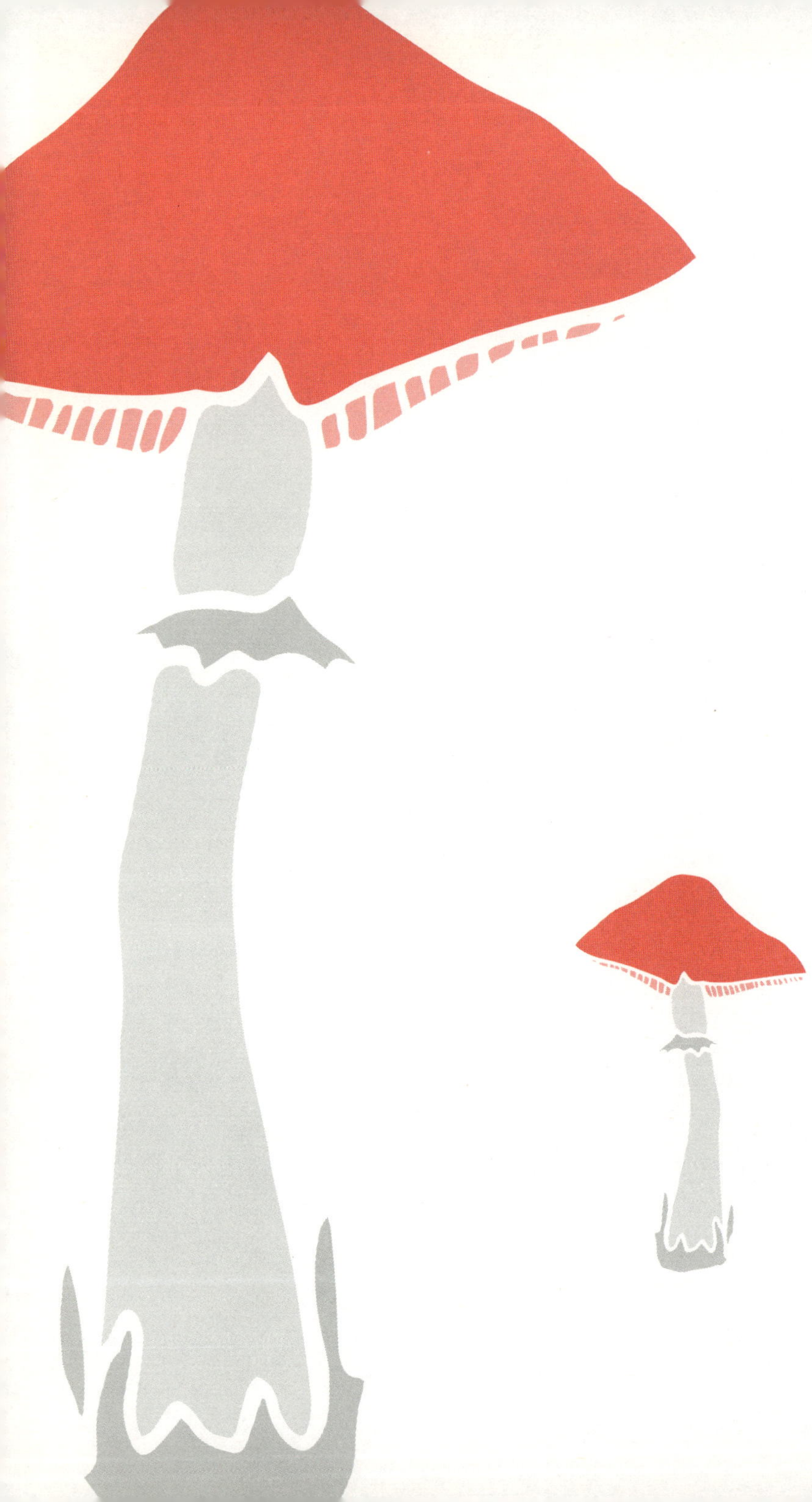

希望
胡适

我从山中来,带着兰花草。
种在小园中,希望开花好。
一日望三回,望到花时过。
急坏种花人,苞也无一个。
眼见秋天到,移花供在家。
明年春风回,祝汝满盆花。

春晓

〔唐〕孟浩然

春眠不觉晓,处处闻啼鸟。
夜来风雨声,花落知多少。

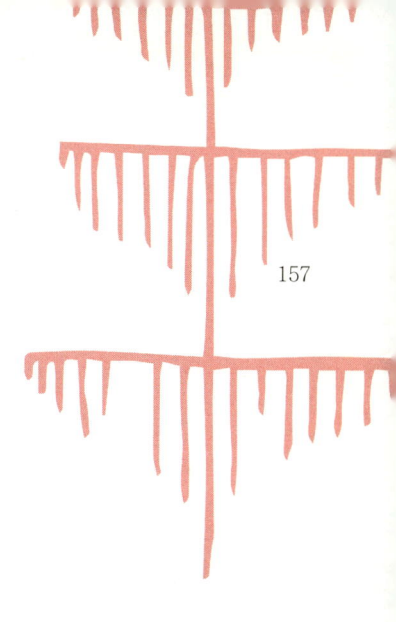

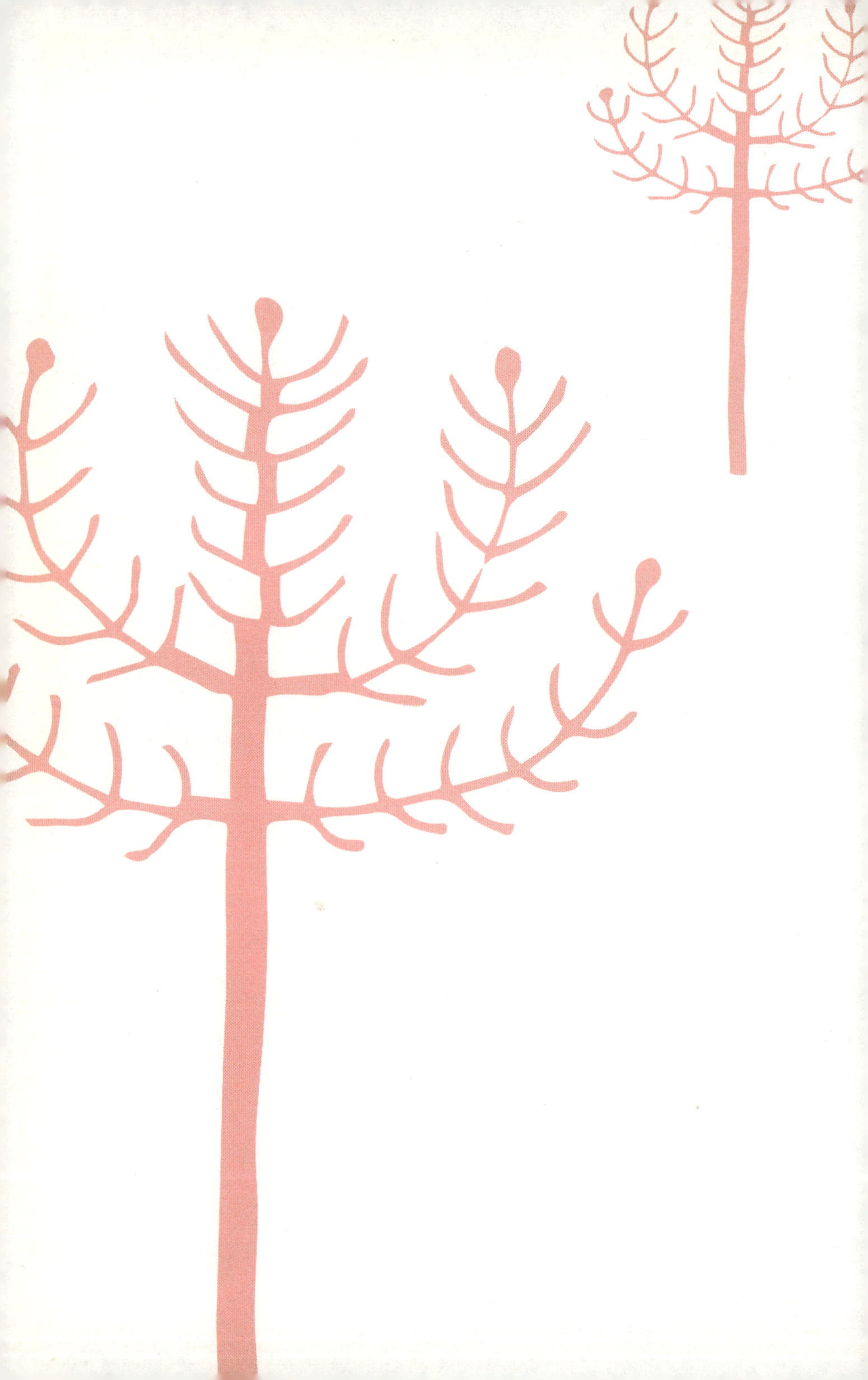

咏柳
〔唐〕贺知章

碧玉妆成一树高,万条垂下绿丝绦。
不知细叶谁裁出,二月春风似剪刀。

鸟鸣涧

〔唐〕王维

人闲桂花落,夜静春山空。
月出惊山鸟,时鸣春涧中。

悯农

〔唐〕李绅

锄禾日当午,汗滴禾下土。
谁知盘中餐,粒粒皆辛苦。

爱读诗的鱼儿
张秋生

池塘里有一群
爱读诗的鱼,

它们读写在落叶、花瓣
和水草丛里的诗句。

每读一首,
它们都张大嘴巴说好——

于是它们吐出的一串串泡泡
也成了一行行
美丽的诗……

梅花

〔宋〕王安石

墙角数枝梅,凌寒独自开。

遥知不是雪,为有暗香来。

声律启蒙(节选)

〔清〕车万育

云对雨,雪对风,晚照对晴空。

来鸿对去燕,宿鸟对鸣虫。

三尺剑,六钧弓,岭北对江东。

人间清暑殿,天上广寒宫。

两岸晓烟杨柳绿,一园春雨杏花红。

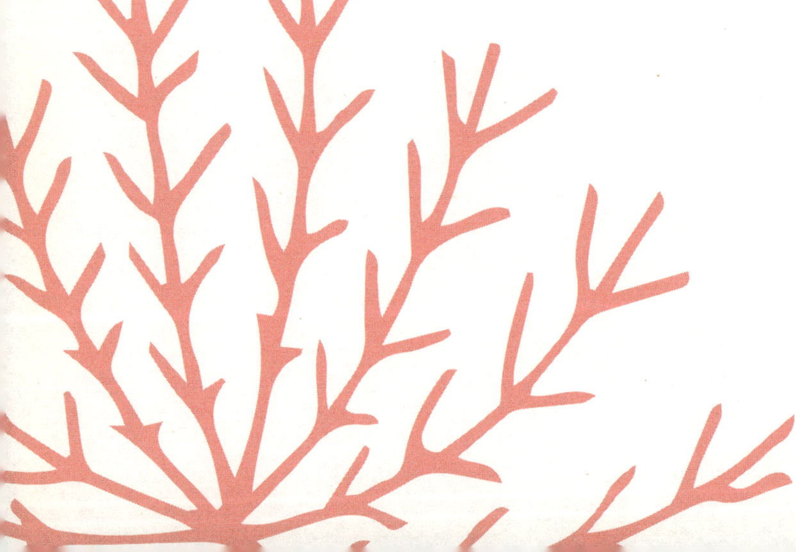

沙粒(节选)

萧红

一

七月里长起来的野菜,

八月里开花了;

我伤感它们的命运,

我赞叹它们的勇敢。

二

我爱钟楼上的铜铃;

我也爱屋檐上的麻雀,

因为从孩童时代它们就是我的小歌手啊!

宿新市徐公店
〔宋〕杨万里

篱落疏疏一径深,
树头花落未成阴。
儿童急走追黄蝶,
飞入菜花无处寻。

咏鹅

〔唐〕骆宾王

鹅,鹅,鹅,
曲项向天歌。
白毛浮绿水,
红掌拨清波。

小池

〔宋〕杨万里

泉眼无声惜细流,树阴照水爱晴柔。

小荷才露尖尖角,早有蜻蜓立上头。

赋得古原草送别

〔唐〕白居易

离离原上草,一岁一枯荣。
野火烧不尽,春风吹又生。
远芳侵古道,晴翠接荒城。
又送王孙去,萋萋满别情。

早发白帝城
〔唐〕李白

朝辞白帝彩云间,千里江陵一日还。
两岸猿声啼不住,轻舟已过万重山。

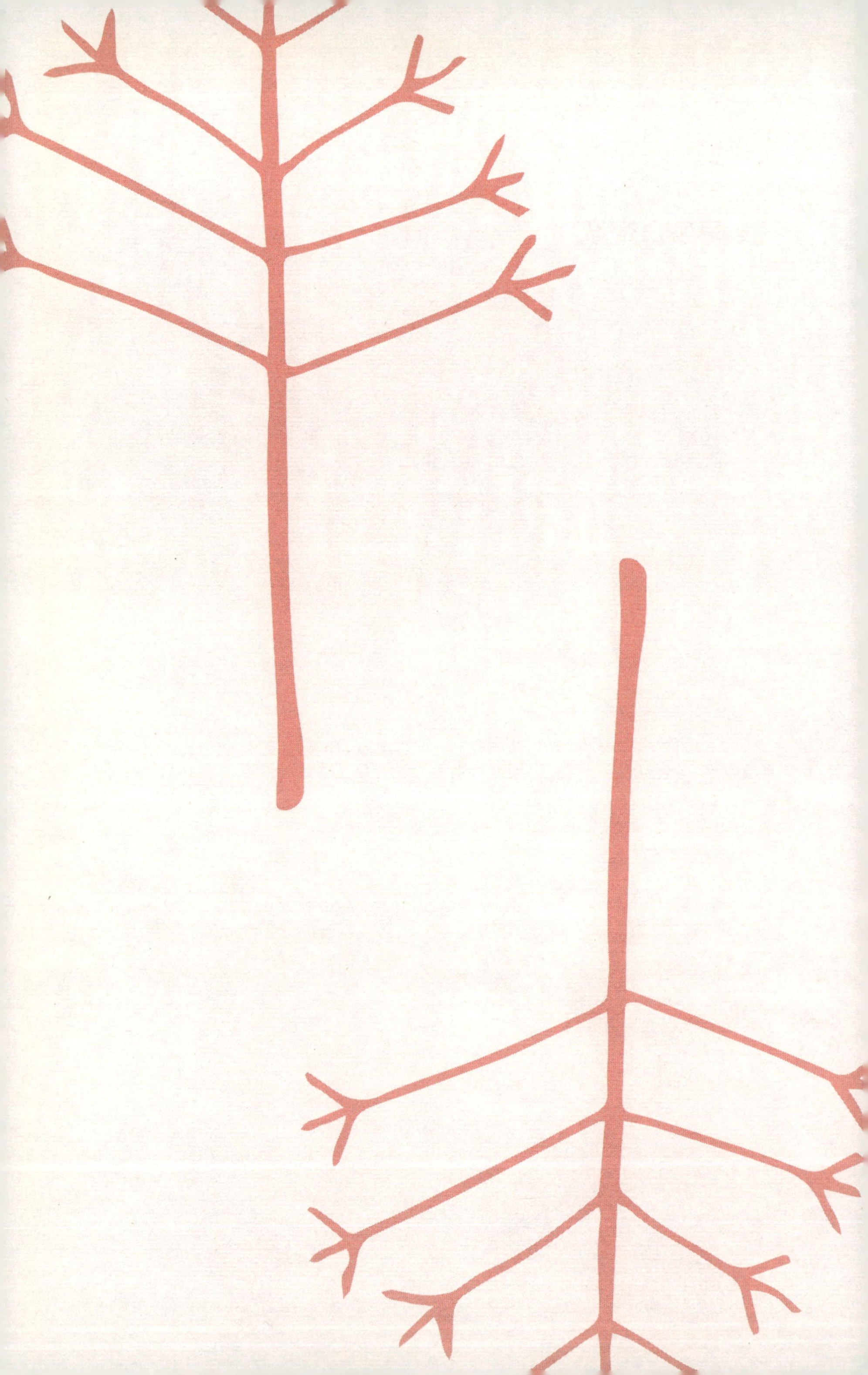

天净沙·秋思

〔元〕马致远

枯藤老树昏鸦,
小桥流水人家,
古道西风瘦马。
夕阳西下,
断肠人在天涯。

教我如何不想她
刘半农

天上飘着些微云,
地上吹着些微风。
啊!
微风吹动了我头发,
教我如何不想她?

月光恋爱着海洋,
海洋恋爱着月光。
啊!
这般蜜也似的银夜,
教我如何不想她?

水面落花慢慢流,
水底鱼儿慢慢游。
啊!
燕子你说些什么话?

教我如何不想她?

枯树在冷风里摇,
野火在暮色中烧。
啊!
西天还有些儿残霞,
教我如何不想她?

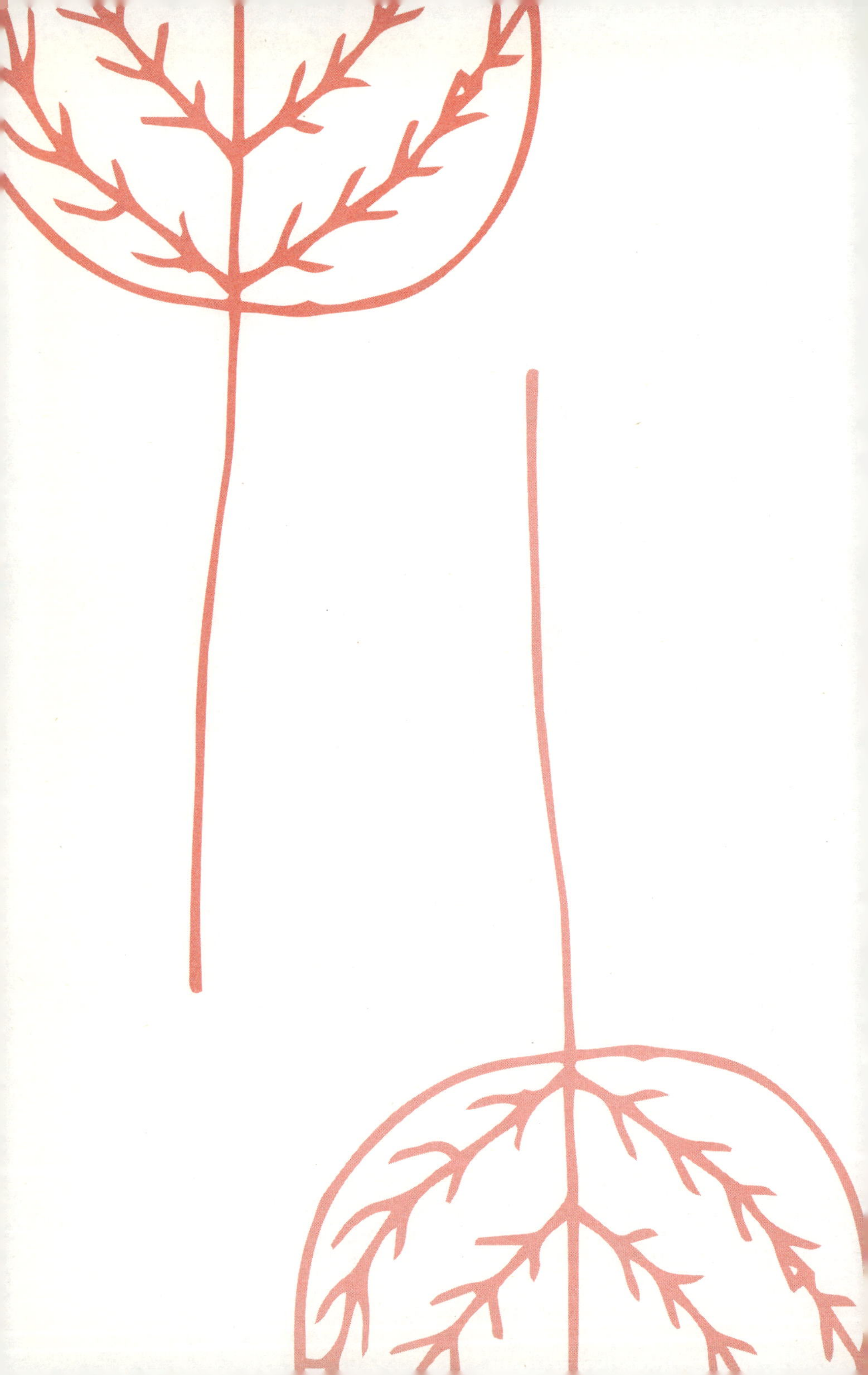

你是人间的四月天

林徽因

我说,
你是人间的四月天,
笑响点亮了四面风,
轻灵在春的光艳中交舞着变。

你是四月早天里的云烟,
黄昏吹着风的软,
星子在无意中闪,
细雨点洒在花前。

那轻,那娉婷,你是,
鲜妍百花的冠冕你戴着,
你是天真,庄严,
你是夜夜的月圆。

雪化后那片鹅黄,你像;

新鲜初放芽的绿,你是;
柔嫩喜悦,
水光浮动着你梦期待中白莲。

你是一树一树的花开,
是燕在梁间呢喃,
——你是爱,是暖,是希望,
你是人间的四月天!

敕勒歌
北朝民歌

敕勒川,阴山下。
天似穹庐,笼盖四野。
天苍苍,野茫茫,
风吹草低见牛羊。

凉州词
〔唐〕王之涣

黄河远上白云间,一片孤城万仞山。
羌笛何须怨杨柳,春风不度玉门关。

如梦令·常记溪亭日暮

〔宋〕李清照

常记溪亭日暮,沉醉不知归路。
兴尽晚回舟,误入藕花深处。
争渡,争渡,惊起一滩鸥鹭。

黄鹤楼
〔唐〕崔颢

昔人已乘黄鹤去,此地空余黄鹤楼。
黄鹤一去不复返,白云千载空悠悠。
晴川历历汉阳树,芳草萋萋鹦鹉洲。
日暮乡关何处是?烟波江上使人愁。

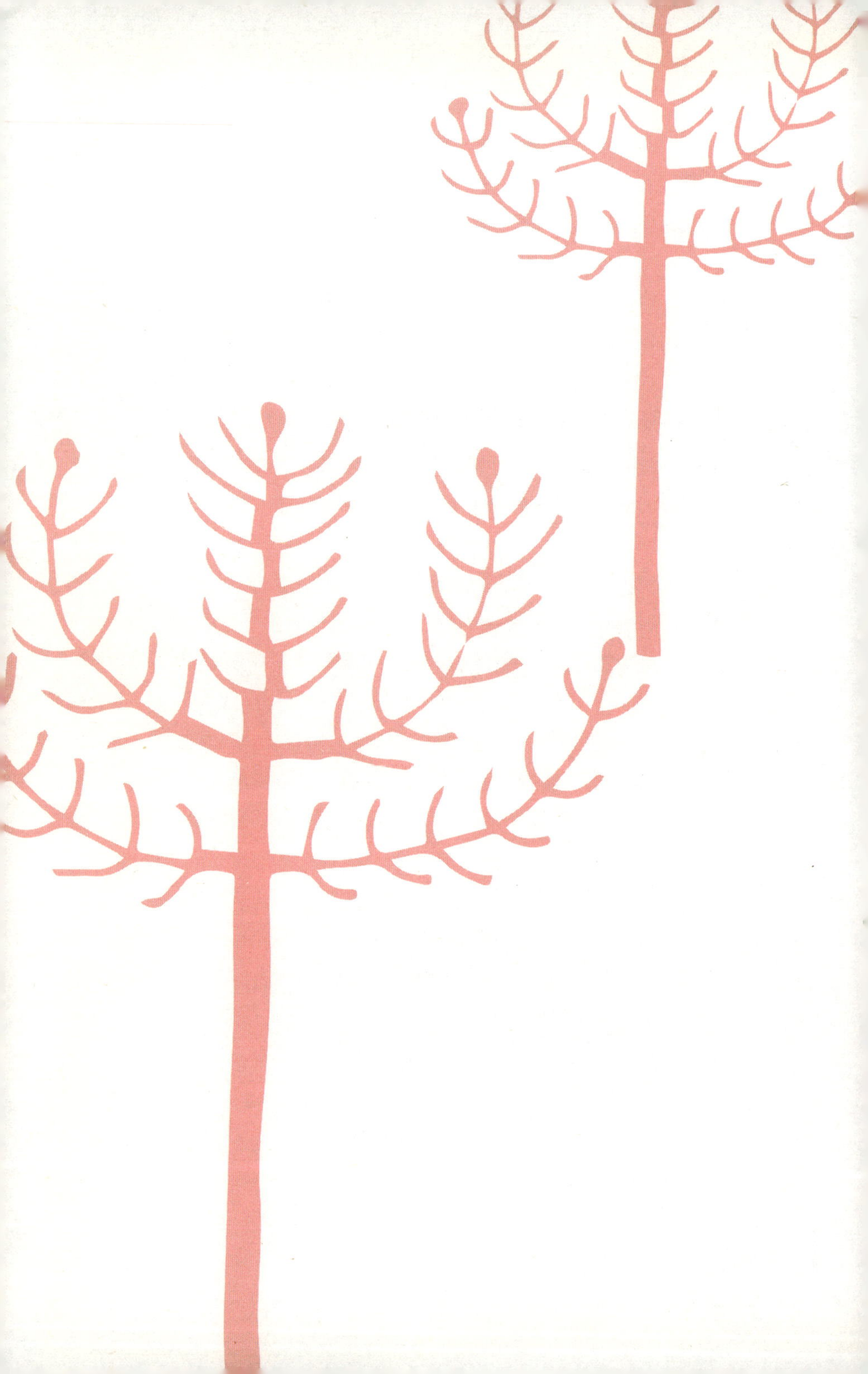

当你老了

[爱尔兰] 威廉·叶芝

当你老了,头发花白,睡意沉沉,
倦坐在炉边,取下这本书来,
慢慢读着,追梦当年的眼神。
你那柔美的神采与深幽的晕影。

多少人爱过你青春的片影,
爱过你的美貌,以虚伪或是真情,
唯独一人爱你那朝圣者的心,
爱你哀戚的脸上岁月的留痕。

在炉栅边,你弯下了腰,
低语着,带着浅浅的伤感,
爱情是怎样逝去,又怎样步上群山,
怎样在繁星之间藏起了脸。